Oskar Weise

Der Orientalist Dr. Reinhold Rost: Sein Leben and sein Streben

Oskar Weise

Der Orientalist Dr. Reinhold Rost: Sein Leben and sein Streben

ISBN/EAN: 9783743634275

Hergestellt in Europa, USA, Kanada, Australien, Japan

Cover: Foto ©Raphael Reischuk / pixelio.de

Weitere Bücher finden Sie auf **www.hansebooks.com**

R. Ross.

Der

Orientalist Dr. Reinhold Rost

sein Leben und sein Streben

von

Prof. Dr. O. Weise,
Oberlehrer am Gymnasium zu Eisenberg, S.-A.

Leipzig,
Kommissionsverlag von B. G. Teubner.
1897.

I. Jugend (1822—1847).

Ernst Reinhold Rost[1]) erblickte am 2. Februar 1822 in der thüringischen Stadt Eisenberg S.-A. das Licht der Welt. Er war der jüngste Sohn des Archidiakonus Christian Friedrich Rost und seiner Ehefrau, der Tochter des Pfarrers Glasewald in Nöbbenitz bei Ronneburg, und hatte sieben Geschwister, von denen drei in ganz jugendlichem Alter gestorben sind, eins, der Sanitätsrat Dr. Julius Rost in Eisenberg, ihn überlebt hat.[2]) Zeitig war in dem geweckten Knaben der Lerntrieb entwickelt; morgens stand er gleich seinem Vater sehr früh auf und las Stunden lang vor Beginn des Unterrichts in dessen Studierstube. War es doch auch zu verführerisch für ihn, sich in die reichen Geistesschätze der dort aufgestellten großen Bibliothek zu vertiefen und sich darin auszusuchen, was ihm zusagte! Oft bat er auch seinen Vater, der ihn bis zum neunten Lebensjahre selbst unterrichtete, er möchte ihm etwas mehr zu lernen aufgeben: so sehr verlangte er nach geistiger Nahrung. Und was prägte er sich nicht alles ins Gedächtnis ein! Einst machte sich's z. B. sein älterer Bruder Konstantin zum Vergnügen, dem siebenjährigen Reinhold eine Reihe von Hexametern aus Homers Odyssee beizubringen, und lange gewährte es den im Hause ein- und ausgehenden Schülern besondere Kurzweil, die griechischen Verse aus dem Munde des kleinen Burschen ohne Anstoß aufsagen zu hören. Bezeichnend ist ferner für das Streben des Jungen, daß er bereits damals, wo er kaum schreiben

---

1) Zu großem Danke bin ich dem Herrn Geh. Hofrat Dr. Pertsch in Gotha und den Herren Professoren der orientalischen Sprachen Dr. Pischel in Halle, Dr. Weber in Berlin, Dr. Wilhelm in Jena und Dr. Windisch, Geh. Hofrat in Leipzig, verpflichtet für die Bereitwilligkeit, mit der sie mich bei meiner Arbeit unterstützt haben.

2) Sein ältester Bruder Otto ist als Kanzleiaktuar in Altenburg, ein anderer Bruder, Konstantin, als Gärtner in Podolien gestorben; eine Schwester, die Frau des Lycealrektors Ludewig in Eisenberg, ist ihm, 88 Jahre alt, kurze Zeit im Tode vorangegangen.

gelernt hatte, ein Fehlerbuch besaß, in dem er links die falschen, rechts die richtigen Formen eintrug; von seinem großen Ordnungssinn aber zeugt der Umstand, daß er um dieselbe Zeit ein Einnahme- und Ausgabebuch führte, in dem er die erhaltenen Pfennige und die dafür gekauften Kirschen u. s. f. gewissenhaft buchte.[1])

Als am 6. Dez. 1831 der Vater starb, kam der Knabe in das damals von Klein und Haberland geleitete Institut in der Poststraße, 1834 auf das Lyceum seiner Heimat, eine auf die Bürgerschule aufgesetzte dreiklassige höhere Anstalt, die ihre Zöglinge für die Oberstufe des Altenburger Gymnasiums vorbereitete. Die Gesamtzahl der Lyceisten schwankte damals zwischen 30 und 40; der Unterricht jeder Klasse war abgesehen von einigen Nebenfächern in einer Hand vereinigt: in der untersten war Kollaborator Frommelt Klassenlehrer, in der mittelsten Konrektor Ludewig, seit 1834 Rosts Schwager, und in der obersten Rektor Schwepfinger. Wie sparsam er damals war, erhellt u. a. daraus, daß er sich seine Schreibhefte stets selbst anfertigte, für seinen großen Fleiß und seine bedeutenden Kenntnisse aber spricht nicht nur das Urteil seiner Lehrer, die ihn Jahre lang späteren Schülern zum Muster hinstellten, sondern auch sein Platz in der Klasse. Im Juli 1836 schreibt er seinem derzeit in Altenburg weilenden Bruder Julius, daß er der erste sei, und im Januar 1837 meldet er demselben: „primus permansi hoc examine" d. h. bei der zu Weihnachten abgehaltenen Vierteljahrsprüfung. Wiederholt verfaßte er bei besondern Gelegenheiten Verse in fremden Sprachen, z. B. schrieb er für einen Redeaktus im Lyceum innerhalb weniger Tage eine stattliche Zahl griechischer Hexameter nieder, die er dann selbst vortrug. Überhaupt war ihm das Griechische unter den klassischen Sprachen die liebste; noch im Jahre 1849 nahm er zu einem Ausfluge an die Gestade der Nordsee Homers Odyssee mit, um darin beim Anblick des Meeres zu lesen, und 1852 berichtet er, daß er sich zu seiner Erholung mit Sophokles und griechischer Litteraturgeschichte beschäftige.

Ostern 1838 bezog er das Gymnasium zu Altenburg, wo er bis 1842 blieb und hauptsächlich den Unterricht des Direktors Foß und der Professoren Apetz, Braun, Hempel, Huth, Lorenz und Zetzsche genoß. Unter diesen waren ihm Foß und Huth die liebsten Lehrer. Als sechzehnter aufgenommen, arbeitete er sich bald in den meist über 40 Schüler zählenden Klassen an die Spitze empor und hielt am 2. April 1841 bei der Abiturientenentlassung als erster Unterprimaner die Abschiedsrede im Namen der Zurückbleibenden. Zum hundertjährigen Stiftungstage der Freimaurerloge in Altenburg, am 31. Januar 1842, überreichte er mit

---

1) Beide Bücher sind noch erhalten und haben mir vorgelegen.

zwei Mitschülern eine lateinische Abhandlung über Tacitus' Germania¹); bei der Einweihung des neuen Gymnasialgebäudes aber im Herbste des Jahres 1841 trug er eine selbstgefertigte Ode vor und erhielt zur Erinnerung an diese Feier gleich drei andern einen prächtigen silbernen, innen vergoldeten Becher aus den Händen des Ministers v. Braun im Namen des Herzogs. Ende Februar 1842 bestand er die schriftliche, Anfang März die mündliche Abiturientenprüfung und erhielt bei der Entlassung wegen seiner tüchtigen Leistungen auf der Schule das Lingkesche Stipendium im Betrage von 25 Thalern. Aus demselben Grunde waren ihm schon vorher mehrfach kleinere Geldbeträge zuerkannt worden, so 1841 und 1842 das Mörlinsche Bücherlegat in der Höhe von zwei Thalern. Dafür kaufte er sich in der Regel solche Bücher, die seinen Neigungen ganz besonders entsprachen. Denn der engbegrenzte Rahmen der auf dem Gymnasium betriebenen klassischen Sprachen befriedigte ihn nicht. Im August 1839 beschäftigte er sich mit dem Italienischen, des Englischen war er schon damals soweit mächtig, daß er sein Tagebuch in dieser Sprache führen konnte; bald fing er auch an, das Nibelungenlied im mittelhochdeutschen Texte zu lesen, das ihn sehr fesselte und zu der Äußerung veranlaßte: „Wenn man doch statt einiger Stunden alter griechischer und römischer Klassiker, deren so oft pedantische Erklärung dem Schüler meistens die Lust dazu versauert, lieber irgend ein altdeutsches Gedicht in der kräftigen Ursprache mit den Schülern, wenn auch nur in der obersten Klasse, läse, so würde man nach meiner Meinung mehr Nutzen stiften, als man jetzt zu thun wähnt. Giebt es doch so herrliche Dichtungen aus alter, guter Zeit; warum soll sich der deutsche Jüngling nicht lieber nach diesen als nach den Musterwerken fremder Nationen bilden, denen deutscher Sinn unbekannt war?" Im Jahre 1841 aber kaufte er sich A. Murray, Über den europäischen Sprachenbau und wünschte in einem Briefe an seinen Schwager Ludewig, Werke de origine linguae latinae genannt zu haben, ein Beweis, wie sehr er schon damals für die Linguistik begeistert war. Auch die politischen Vorgänge seiner Zeit ließ er nicht aus den Augen, z. B. unterhielt er mit einer Reihe Gleichgesinnter ein Disputierkränzchen, das gewöhnlich am Sonnabend stattfand und in dem u. a. am 21. Aug. 1841 über den Thrannenmord verhandelt wurde. Theater und Konzerte besuchte er nur dann, wenn ihm von Verwandten und Bekannten Eintrittskarten geschenkt wurden. Vom Biertrinken hielt er nicht viel, lieber noch ging er in einen Milchgarten; unter den Spielen frönte er mit

---

1) Verfaßt war diese von seinem Freunde Haase, er selbst hatte das Vorwort dazu geschrieben.

Vorliebe dem Schach; sein größtes Vergnügen aber war ein Spaziergang in der freien Gottesnatur, womöglich mit gleichdenkenden und gleichfühlenden Genossen. Regelmäßig wanderte er am Schlusse des Vormittagsunterrichts (im Sommer um 10, im Winter um 11 Uhr) oder gegen Abend aus der Stadt in die Umgegend; wenn ihn aber Regen abhielt, schaute er gern zum Fenster hinaus auf das lustige Treiben des Weibermarkts, wo er seine Wohnung hatte. Das war ihm Bedürfnis; denn er litt viel an Kopfschmerzen, ja er mußte sogar einmal wegen Nervosität und Augenentzündung ein ganzes Vierteljahr der Schule fern bleiben. Überdies hatte er öfter über Katarrh und schmerzliches Reißen in den Armen zu klagen. Ein besonderes Fest war für ihn eine größere Fußreise: Regelmäßig bei Beginn der Ferien wurde der etwa siebenstündige Weg in die Heimat zu Fuß zurückgelegt, mehrfach auch in der großen Sommerpause eine weitere Tour unternommen. So wanderte er 1840 nach Sachsen und Schlesien, um seinem Bruder Konstantin, der damals Gärtner beim Grafen Stolberg in Peterswaldau war, einen Besuch zu machen, und durchstreifte bei der Gelegenheit die sächsische Schweiz, das Riesen= und Eulengebirge. „Zweihundert Thaler würden mir nicht so lieb sein als die Erinnerung an diese Reise", schrieb er nach deren Beendigung; 1841 aber zog er über Halle, wo er Verwandte und Bekannte hatte, nach dem Unter= und Oberharz, von da über Göttingen und Münden nach Kassel und zurück über Eisenach, Gotha und Schwarzburg nach Eisenberg. Das Geld zu diesen Fußtouren verdiente er sich durch Privatunterricht, den er auf Wunsch des Direktors verschiedenen Schülern, namentlich im Griechischen, erteilte. In den kleineren Ferien machte er gern Ausflüge zu Verwandten in der Nähe, z. B. nach Ronneburg, Naumburg und andern Städten; nur zweimal unternahm er zu Ostern etwas größere, im Jahre 1840 mit der Bahn über Leipzig nach Dresden, wo er die Bildergalerie besichtigte und die Umgegend bis Pillnitz in Augenschein nahm, und 1842, wo er in Ostrau bei Halle a. d. S. den mit ihm verwandten Pastor Senff besuchte. An die Stadt Altenburg aber, in der er vier Jahre verbracht hatte, dachte er immer gern zurück, ja kam auch später wiederholt dahin zu seinem Bruder Otto und wurde da in der Regel vom Gymnasialdirektor Foß zum Thee geladen, eines Tages auch durch den Buchdruckereibesitzer Pierer in der Familie des berühmten Sprachforschers v. d. Gabelentz in Poschwitz bei Altenburg eingeführt.

Am 22. April 1842 rückte er als Musensohn in Jena ein. Er wohnte anfangs in der Ratsapotheke, seit April 1843 aber bei Frau Hofgärtner Wagner vor dem Johannisthor. Wie er schon als Gymnasiast an vier Tagen der Woche bei befreundeten Familien, z. B. der des Hof=

predigers, Freitisch gehabt hatte, so genoß er diese Wohlthat jetzt täglich, da ihm durch die Gnade des Herzogs vom Altenburger Ministerium eine Freitischstelle verliehen worden war. Seinen Plan, Orientalia allein zu studieren, gab er bald auf, da er einsah, daß er nicht die Mittel dazu habe, die akademische Laufbahn einzuschlagen. Darum entschloß er sich zum Studium der Theologie, trieb aber nebenbei Linguistik aus Liebhaberei. Von Kollegien hörte er u. a. bei Hoffmann Einleitung in das alte und in das neue Testament, Genesis, Hiob, Jesaias, bei Hase Dogmatik, bei Crusius den Korinther- und Hebräerbrief, bei Grimm die Synoptiker und die Leidensgeschichte Christi, bei Rückert den Römerbrief; ebenso besuchte er Bachmanns Kolleg über Psychologie und Logik, Göttlings über römische Altertümer, Hands über lateinischen Stil; auch hatte er bei Wolff den Faust und die lyrischen Dichter der Deutschen seit Goethe und bei Stickel die Vorlesungen über arabische Grammatik und über Religion, Sitten und Litteratur der orientalischen Völker belegt. Mit großem Eifer betrieb er das theologische Studium und hatte sich der besondern Gunst des Geh. Hofrats Hoffmann zu erfreuen. Mit Gleichgesinnten kam er wöchentlich ein oder mehrere Male zusammen, um sich über theologische Fragen auszusprechen. Dabei beschränkte er sich auf wenige Freunde, deren Charakter und Lebensführung ihm zusagte. Denn die „Unkeuschheit vieler Studenten, ihr vieles Trinken und renommistisches Wesen" stieß ihn ab. Daneben pflegte er auch die Musik, lernte das Citherspiel und bildete mit drei in seinem Hause wohnenden Studenten ein Quartett, wobei er den zweiten Baß sang. Oft war er in Jenenser Familien eingeladen, sei es zum Mittagstisch oder zum Thee, teils bei Professoren, teils in andern Kreisen, z. B. bei Frau Kommissionsrätin Asverus und in der Familie v. Paschwitz. Denn in angenehmer Gesellschaft fühlte er sich wohl und konnte seine Neigung, sich mit gebildeten Menschen auszusprechen, nach Herzenslust befriedigen. Dagegen verabscheute er das geisttötende Kartenspiel, auch Tänzen ging er aus dem Wege. Dafür las er lieber ein fesselndes Buch, namentlich neuere Erscheinungen der deutschen Litteratur, wie die Werke von Anastasius Grün, Freiligrath, Herwegh, Jean Paul, Rosegarten oder einen spannenden Artikel über die damalige politische Lage. Besaß er doch selbst die Verhandlungen des Wiener Kongresses! Spaziergänge in die Umgebung machte er täglich, mehrmals in jedem Monate besuchte er den Pastor Haberland in Altendorf bei Kahla, ab und zu ging er auch einmal nach Naumburg. Zu seinen vertrautesten Freunden in den letzten Universitätsjahren zählten der Student der Theologie Raimund Bagge aus Meeder bei Coburg und Heinrich Rückert, ein Sohn des Dichters Friedrich Rückert, später

Professor der Germanistik in Breslau, damals, d. h. seit dem Sommersemester 1845, Privatdocent für neuere Geschichte an der Universität Jena. Diese drei hingen so innig an einander, daß sie sich auch während der Ferien öfter in ihrer Heimat besuchten. So sind beide Freunde hier bei Rost in Eisenberg gewesen, so auch er in den großen Sommerferien der Jahre 1845—47 zu Besuch bei beiden in der Nähe von Coburg. Mit großer Begeisterung berichtet er in seinen damaligen Briefen besonders von dem Zusammensein mit Friedrich Rückert. Zuerst sprach er ihn am 16. November 1845, wo er eine ganze Stunde lang auf seinem Zimmer in der „Sonne" zu Jena saß. Das vorgesetzte Glas Wein rührte er vor freudigem Eifer gar nicht an und konnte die halbe Nacht vor Aufregung nicht schlafen, zumal ihm der alte Herr für nächste Woche die Zusendung zahlreicher Bücher und eigenhändig geschriebener Kollektaneen in Aussicht gestellt hatte. Dann war er im Sommer 1846 von Meeder aus bei Rückerts in Neuseß. Darüber schreibt er: „Die Frau Geheimrätin empfing mich sehr freundlich, nahm mich mit in den Garten, unterhielt sich mit mir über allerlei aus dem Leben und zeigte dabei eine solche Liebenswürdigkeit und Anspruchslosigkeit, daß ich meine vorgefaßte Meinung sogleich aufgab. Bald erschien auch der alte Herr. Mit ihm trank ich Kaffee und sprach mit ihm von gelehrten Sachen wohl eine Stunde; dann nahm er mich mit auf seine Stube und zeigte mir mehrere darauf bezügliche Werke, die er mir zu leihen versprach. Dabei entwickelte er einen solchen Humor, daß es einem wie Champagner zu Kopfe stieg." Von Meeder aus durchstreifte Rost die schöne Umgegend bis nach Vierzehnheiligen und Banz, auch schlug er auf dem Hin- und Rückwege von Eisenberg nach Coburg immer andere Wege ein, sodaß er dabei den Thüringer Wald gründlich kennen lernte und alle Verwandten und Bekannten, die in Thüringen wohnten, mit aufsuchen konnte. Von größeren Festlichkeiten, die er während seiner Studienzeit mitgemacht hat, ist zunächst zu erwähnen die Feier des 21. Oktobers 1842. An diesem Tage wurde nämlich zu Ehren des aus Paris über Jena nach Naumburg gekommenen Dichters G. Herwegh im Preußischen Hofe zu Naumburg ein großes Festmahl abgehalten. „Es war viel haute volée zugegen, Präsidenten, Geheimräte, Professoren, sonst meist junge Juristen und Doktoren, im ganzen 65 Couverts. Viele Reden wurden gehalten, so kräftig und freisinnig, wie sie nur in Herweghs Gesellschaft paßten. Er selbst sprach lange und schön, trug auch eins seiner neuesten Produkte vor. Darauf sang die Liedertafel." Am 12. Januar 1846 war die hundertjährige Jubelfeier der Geburt Pestalozzis, die vom Bürgervereine zu Jena unter Teilnahme von Professoren und Studenten in feierlicher Weise begangen wurde. Es wechselten Musikstücke, Gesänge, Reden von Stoy über Pestalozzis Leben, von Hofrat Schulze über dessen Einfluß auf die Ökonomie (im allgemeinen Sinne), von Geh. Kirchenrat Schwarz über dessen Charakter u. a. Nach Schluß des offiziellen Teils wurden noch viele Trinksprüche ausgebracht, auch politischen Inhalts, wobei die österreichischen Zustände unter Metternich gegeißelt wurden. Am 22. Februar 1846 war zu Ehren des dreihundertjährigen Todestages Luthers große Festlichkeit auf dem Markte zu Jena. Mittag zwölf Uhr zogen die Bürger, Professoren, Studenten, Schulen u. a. unter Glockengeläut auf den Markt, sangen Luthersche Lieder wie „Ein feste Burg ist unser Gott" und hörten eine treffliche Rede von Prof. Schwarz mit an. Abends war dann eine schöne Feier in der „Rose", wobei derselbe in herrlicher Weise über Luthers letzte Lebensjahre sprach. Auch an einem größern Privatfeste nahm Rost während seiner Studienzeit teil, nämlich an dem fünfzigjährigen Dienstjubiläum des Kirchenrats Planer in Molau, eines Verwandten mütterlicherseits, das am 9. und 10. Juli 1843 begangen wurde, ja er fertigte sogar dazu eine lateinische Ode, die er gedruckt überreichte.

Wiederholt predigte er auf benachbarten Ortschaften, z. B. in Altendorf und Nerkewitz bei Jena und in Petersberg und Serba bei Eisenberg. Am 22. Februar 1846 erhielt er von Altenburg die Themen der schriftlichen Arbeiten zum theologischen Staatsexamen und verfaßte eine Predigt über Apostelgeschichte 5, 34—42 sowie eine lateinische Abhandlung de sorte piorum post mortem futura. Wahrscheinlich hat er sich auch noch einer mündlichen Prüfung unterzogen. Aber obgleich er damit das Examen wohl bestanden hatte, nahm er doch, weil er sich innerlich nicht zum Geistlichen berufen fühlte, keine Stelle als Hilfsprediger an, sondern blieb vor der Hand teils in Jena, teils in Eisenberg, um sich noch in der orientalischen Philologie zu vervollkommnen. Denn er hatte auf der Hochschule von Jahr zu Jahr mehr seinen Beruf als Sprachforscher erkannt und daher mit stets wachsender Neigung und Hingabe die Sprachwissenschaft betrieben. Im Winter 1845 erklärte ihm und zwei Bekannten Freund Rückert wöchentlich dreimal auf seiner Stube das Nibelungenlied, auf allen Bücherauktionen und in allen Antiquariaten fahndete er nach den teuren linguistischen Werken, im Februar 1845 bestellte er sich von Halle durch Vermittelung eines Freundes ein Buch von Jaubert über die türkische, eins von Willen über die persische, eins von Haughton über die bengalische Sprache, eins von Bopp über das Sanskrit und eins von Clough über das Pali. Sein Notizbuch aus jener Zeit aber enthält eine große Zahl von Titeln anderer Bücher, die er teils erwerben, teils leihen wollte.¹) Auf dem Gebiete der semitischen Sprachen und des Türkischen war er ein eifriger Schüler Stickels, des bekannten Gelehrten, der die beste Sammlung orientalischer Münzen mit Goldstücken aus Muhammeds Zeit zu Stande gebracht hat, aber im Bereiche der übrigen Sprachen war er mehr oder weniger auf sich selbst angewiesen. Täglich erweiterte er hier sein Wissen, ja er war bereits damals darauf bedacht, selbständige Forschungen auf diesen Gebieten zu veröffentlichen; und so dürfen wir uns nicht darüber wundern, im Jahresberichte der Deutschen Morgenländischen Gesellschaft für das Jahr 1846 (Leipzig, Brockhaus 1847) auf S. 209 bis 217 eine Abhandlung von Kandidat Rost zu finden über den Genitiv in den dekhanischen (d. h. auf dem Plateau von Dekhan in Vorderindien gesprochenen) Sprachen, wozu er im Sommer 1845 u. a. die Asiatic Researches durchgearbeitet hatte. Im Bereiche der indischen Sprachen bewegte sich auch seine Doktordissertation. Denn nach den Akten der Universität Jena ist er am 22. Februar 1847 auf Grund einer Abhandlung über die Grammatik der singhalesischen Sprache in absentia zum Doctor philosophiae promoviert worden unter dem Prorektor Karl Hase, Prof. der Theologie, und dem Dekan C. Snell, Prof. der Mathematik. Unterzeichnet ist das Protokoll von den Professoren Eichstädt, Luden, Bachmann, Hand, Döbereiner, Reinhold, Göttling und Schulze. Geh. Kirchenrat Hoffmann hatte ihn als einen „durchaus tüchtigen, kenntnisreichen und hoffnungsvollen jungen Gelehrten" empfohlen.

Um diese Zeit faßte er auch den Plan, Deutschland zu verlassen und nach England überzusiedeln, dem Lande, das den jungen Orientalisten damals wegen der nahen Beziehungen zu Indien die meisten Hilfsmittel zu ihren Forschungen bot. Daher richtete er von jetzt an sein Hauptaugenmerk darauf, Empfehlungsbriefe von hervorragenden Persönlichkeiten zu erhalten, die ihm das Unterkommen und Fortkommen

---

1) Z. B. Chater, Grammar of the Cingal, Colombo 1815; Callaway, Schooldiction. engl. cing., Colombo 1821; Clough, Diction. engl. cing., Colombo 1821; Mahâbhârata, Calcutta 1834 ff.; Pânini, Bonn 1839; Çabdakalpadruma, Calcutta 1839; Burnouf, Bhâgavata Purâṇa, Paris 1840; Arnot, Grammar of the Hindustani, London 1831; Haughton, Bengal and Sanskrit dict., London 1833; Taylor, Tamul Grammar, London 1821; Babington, Tamul Grammar, Madras 1822; Sutton, Grammar of the Oriya Language, Calcutta 1831; Firdusi, Schah nâmeh, Calcutta 1829; Medhurst, Vocabulary english and japanese, Batavia 1830; Csoma Körösi, Vocabulary Tibet., Calcutta 1833; Rémusat, Lang. Tart., Paris 1820; Schmidt, Mongol. Grammatik, Petersburg 1830; Schmidt, Tibetan. Grammat., Petersburg 1839; Davids, Grammar of the turkish Language, London 1832; Marsden, Grammar of the Malay Language, London 1812; Low, Grammar of the Thai, Calcutta 1828; Carey, Grammar of the Burman Language, Serampur 1814; Hough, Vocab. engl. and burm., Serampur 1825, u. a.

in diesem fremden Lande erleichtern sollten. Zu diesem Zwecke knüpfte er Verbindungen an oder erneuerte sie, z. B. mit dem Domprediger Goßner in Berlin, „dem zweiten Abraham a santa Clara, dessen Konnexionen sich durch die ganze Welt verbreiten", mit dem russischen Staatsrat und Akademiker v. Dorn, den er bei Rückert in Neuseß kennen gelernt hatte, mit Alexander v. Humboldt, den er persönlich besuchte und von dem er an den preußischen Gesandten und berühmten Orientalisten v. Bunsen in London empfohlen wurde. Daneben traf er in dieser Zeit andere Vorbereitungen auf die englische Reise, indem er teils seine englischen Sprachkenntnisse vervollkommnete, teils Werke über England las oder Erkundigungen über englische Verhältnisse einzog, teils seine orientalischen Studien auf den Universitätsbibliotheken von Leipzig, Halle, Berlin und Bonn eifrig fortsetzte.

Der Aufbruch nach England erfolgte in der ersten Hälfte des Juli 1847. Zunächst reiste er nach Meeder, wo er von der Familie Bagge Abschied nahm, dann durch Franken am Main hinunter nach Heidelberg, wo er mehrere dort studierende Jugendfreunde aufsuchte, vom Geheimrat Dahmen zu Mittag geladen und mit einem Empfehlungsschreiben beglückt wurde. Das nächste Ziel der Fahrt war Mannheim, und von da ging's zu Schiff nach Mainz, wo er Sitzungen der Assisen und des Handelsgerichts beiwohnte, und weiter rheinabwärts nach Bonn. Dort galt sein erster Gang dem Privatdocenten der Linguistik A. Schleicher, einem Thüringer Landsmann aus Sonneberg, der ihn während der drei Tage seines Aufenthalts getreulich in der Stadt und Umgegend herumführte. Zu Mittag war er dessen Gast in einem Speisehause, wo einige Docenten gemeinsam aßen unter dem Vorsitze des alten Orientalisten Lassen, eines sehr lieben, anspruchslosen Mannes. Abends ging er mit Schleicher mehrmals nach Blittersdorf, 1¼ Stunde von Bonn hart am Rhein dem Siebengebirge gegenüber, wo dieser in meisterhafter Weise die Guitarre spielte und vom Sohne des Wirts mit der Flöte begleitet wurde. Auf der Weiterreise mit der Bahn berührte Rost Köln, Aachen, Verviers, Lüttich, Löwen, Mecheln, Tirlemont; endlich erreichte er Antwerpen, besichtigte die drei Hauptkirchen (Kathedrale, St. Jakob, St. Paul), namentlich ihre herrlichen Wandgemälde, wohnte in der Kathedrale der Messe und dem Hochamte bei, bestieg deren Turm und vernahm das Glockenspiel, besuchte auch das Museum mit seiner reichen Auswahl holländischer Meister und ging endlich zur Militärmusik auf die place verte. Die Docks der Stadt setzten ihn, da er noch keine gesehen, in Erstaunen, mehr noch die zahlreichen Schiffe, die Mast an Mast neben einander lagen. Auch das Volksleben studierte er, namentlich bei Gelegenheit eines Konzerts in einem Volksgarten. Die Frauen- und Mädchengesichter erinnerten ihn lebhaft an Bilder von Rubens und van Dyck; fast alle trugen schön geklöppelte und gestickte Häubchen mit langen Klappen auf beiden Seiten. Nach einem bis Brüssel unternommenen Abstecher setzte er die Reise über Gent und Brügge nach Ostende fort, wo er sich am 22. Juli 1847 nach London einschiffte.

II. London und Ickworth (1847—1850).

In England lebten damals etwa 50 000 Deutsche, darunter nicht wenige Gelehrte. Denn seitdem Indien in britischen Besitz gekommen war und sich wegen der Überführung zahlreicher Sanskrithandschriften nach London dort die günstigste Gelegenheit bot, das Studium der indischen Sprache und Litteratur zu betreiben, begab sich eine von Jahr zu Jahr größere Zahl junger Deutscher dahin, um die Geistesschätze des Morgenlandes zu heben und für die Gelehrtenwelt nutzbar zu machen, um so mehr als die Engländer für derartige Forschungen wenig Neigung zeigten. Dazu kam, daß seit der Blütezeit unserer deutschen Litteratur von den Engländern eifriger Deutsch getrieben und daher deutsche Sprachlehrer gesucht wurden. Endlich führte auch die revolutionäre Bewegung des Jahres 1848 bald eine Reihe von Flüchtlingen aus Deutschland nach Großbritannien, wie Kinkel und Freiligrath. Schon im Jahre 1828 wurde ein Dr. Mühlenfels zum Professor des Deutschen an der Londoner Universität ernannt, und ihm folgten dann in ununterbrochener Reihe andere deutsche Gelehrte wie Hausmann, Wittich, Heymann. Ebenso wirkten an dem 1828 von der hochkirchlichen Partei gegründeten Kings College von Anfang an deutsche Sprachlehrer wie Bernays und Buchheim. 1837 wurde auch ein Lehrstuhl für deutsche Sprache an der Militärakademie in Woolwich geschaffen und in den vierziger Jahren um zwei vermehrt. Hier lehrte zunächst der Sachse Troppaneger, der anfangs der zwanziger Jahre von der Leipziger Hochschule als Hellenenfreund nach Griechenland geeilt und nach der Befreiung dieses Landes vom türkischen Joche nach England gekommen war, 1852 gesellte sich dazu Friedrich Schlutter, der wegen seiner Teilnahme an der Frankfurter Nationalversammlung und am Stuttgarter Rumpfparlament geflüchtet war, ebenso Dr. Schaible, der sich an der badischen Erhebung von 1849 beteiligt hatte. Andere Deutsche waren als Hauslehrer in England thätig, so Rosts Landsmann Dr. Gäbler aus Eisenberg, der viele Jahre in der Familie des Herzogs von Sutherland wirkte. Aber auch unter den Orientalisten finden wir frühzeitig Deutsche in wichtigen Stellungen: An der Londoner Universität lehrte von 1828—31 der Hannoveraner Friedrich Rosen, von 1851—72 Professor Theodor Goldstücker Sanskrit;

am britischen Museum war in den fünfziger Jahren Dr. Deutsch als Semitist und nicht lange darauf Dr. Haas als Sanskritaner thätig. 1846 kam der jetzige Oxforder Professor Max Müller, der Sohn des Philhellenen Wilhelm Müller, nach England, während Christian Karl Josias v. Bunsen von 1841—54 als preußischer Gesandter in London anwesend war.[1])

Mit den meisten dieser Männer trat unser Rost früher oder später in nähere Berührung. Er hatte sich nach seiner Ankunft in London mit einem jungen Augsburger, den er unterwegs kennen gelernt hatte, unweit der Paulskirche und der Blackfriarsbrücke in einem kleinen Gasthofe einlogiert. Von dort aus zog er nun zunächst Erkundigungen nach den beiden deutschen Fachgenossen Albrecht Weber (jetzt Universitätsprofessor in Berlin) und Friedrich Spiegel (später Universitätsprofessor in Erlangen) ein, auf deren persönliche Bekanntschaft er sich außerordentlich freute und in deren Nähe er sich anzusiedeln gedachte, erfuhr aber zu seinem großen Leidwesen, daß sie auf längere Zeit nach Oxford gereist waren. So mußte er denn brieflich mit ihnen verkehren. Sodann machte er gleich in den ersten Tagen Besuche bei Personen, an die er empfohlen war, so bei einem Herrn Collin, ferner bei Dr. Plate, Ehrensekretär der syroägyptischen Gesellschaft, einem früheren Holsteiner Rechtsanwalt, den die Liebe zur orientalischen Philologie und zu einem unabhängigen Leben vor acht Jahren nach London getrieben hatte, wo er sich ganz seinen umfassenden sprachlichen und geographischen Studien hingab. Dieser empfing ihn außerordentlich liebenswürdig, schrieb ihm einen Empfehlungs= brief an Dr. Ellis, den Direktor des britischen Museums, und erwirkte ihm so eine Eintrittskarte in diese Anstalt, die ihn für die ganze Dauer seines Aufenthaltes in England berechtigte, dort zu arbeiten, führte ihn sodann zu Dr. Beke, dem bekannten Afrikareisenden, der die Ergebnisse seiner Streifzüge durch Abessinien in London verarbeitete, und Tags darauf zu Professor Edwin Norris[2]), damals Sekretär der Kgl. asiatischen Gesellschaft, sowie später zu dem Asienreisenden Ainsworth. Auch gab er ihm Winke zur Beherzigung beim Mieten eines Logis, das er jetzt suchte und auch bald fand: Bloomsbury Square 11 eine Treppe hoch. Es bestand aus einem netten Hinterstübchen mit daranstoßendem Schlaf= kämmerchen. Beide Räume gewährten zwar nur Ausblick auf einige

---

1) Andre deutsche Gelehrte weilten nur Studien halber in England, so Friedrich Schlegel und Aug. Wilh. Schlegel, Franz Bopp, Lassen u. s. w.

2) Dieser Mann war von Haus aus Schriftsetzer. Als achtzehnjähriger Handwerksbursche war er über Paris nach Genf und von da nach Neapel, sowie wieder zurück nach Paris gewandert und hatte sich unterwegs zunächst als Schrift= setzer, dann als Dolmetscher viel Geld verdient.

Gehöfte und auf eine Masse von Schornsteinen, aber dabei auch ins Grüne, da die Höfe durch Orangenbäume, Blumentöpfe u. s. w. zu kleinen Gärten umgewandelt worden waren. Im Hause wohnten außer der Wirtin noch zwei alte Damen, von denen er die eine, die aus Wales gebürtige Frau O' Donahoo, allwöchentlich einmal am Abend besuchte, um sich mit ihr über Paris, Rom und Bamberg, wo sie lange gelebt hatte, zu unterhalten. Die Wirtin selbst war eine liebenswürdige alte Dame, die sich seiner aufs beste annahm. Er zahlte ihr wöchentlich etwa vierzehn Mark, wozu noch fünf Mark für Frühstück und Abendbrot kamen. Jenes nahm er früh um acht Uhr ein, dieses abends um acht Uhr. Zu Mittag speiste er in der Nähe seiner Wohnung um vier Uhr für eine Mark. An diese Einrichtung konnte er sich nur schwer gewöhnen, denn es hatte zwar manches für sich, wenn man von zehn bis vier Uhr in einem Zuge seinem Berufe leben konnte und in der Mitte nur ein kleines zweites Frühstück genoß, allein das Fleischessen am frühen Morgen wollte ihm gar nicht recht behagen, ebensowenig um vier Uhr beim Diner. Wie hier, so mußte er sich auch bald in seinem Äußern der englischen Mode anbequemen, da er z. B. in seinem grünen Filzhute statt des dort üblichen Cylinders von den Vorübergehenden immer „wie ein wildfremdes Tier" angesehen wurde. Ebenso übte er sich täglich, bevor er das Haus verließ, und wenn er abends dahin zurückkehrte, im mündlichen Gebrauche der englischen Sprache. Die übrige Zeit aber verwandte er auf wissenschaftliche Studien und auf Besuche. So ging er im Laufe der nächsten Zeit nach Buckingham Palace zu Dr. Meyer, dem Privatsekretär des Prinzen Albert, an den er von Professor Göttling in Jena empfohlen worden war, und in das preußische Gesandtschaftshotel. Doch erfuhr er hier von dem Geheimsekretär Roux, daß Bunsen auf das Land gereist sei und erst in einigen Tagen zurückkehren würde. Inzwischen nahm sich Norris seiner redlich an, ein alter freundlicher Herr von lebhaftem Temperament und großer Gelehrsamkeit. Als ihn Rost in seiner Dienstwohnung aufsuchte, lernte er gleich die Sammlungen der asiatischen Gesellschaft kennen, die viele Räume des Hauses füllten, und betrachtete u. a. Tippu Sahibs († 1799) Koran, Briefe von Abbas Mirza und viele Waffen asiatischer Volksstämme, die an den Wänden der bis zur Kuppel hinaufführenden Wendeltreppe hingen. Durch Bunsen, den er in einigen Tagen antraf, wurde er an den Herzog von Sutherland empfohlen, der ihn mit dem Kolonialsekretär Earl Gray bekannt machte, ebenso an den Prinzen Albert, der ihm zu seinem Weiterkommen behülflich zu sein versprach. Ferner überreichte er Empfehlungsschreiben an einen von den Direktoren der englisch-ostindischen Kompagnie und an den Geschichtsschreiber Hallam, einen bedeutenden

Kenner des Hindostani und des Tamulischen, an Lord Ellesmere und Lord Northampton. Auch war er empfohlen an einige Professoren des zwanzig englische Meilen von London entfernten East India College in Haileybury, nämlich an Johnson und Monier Williams, die er aber bei einem Besuche nicht zu Hause antraf. Von sonstigen hervorragenden Männern, mit denen er im Verlaufe dieses Jahres noch zusammenkam, seien hier folgende hervorgehoben: Horace Hayman Wilson, Oberbibliothekar des indischen Amtes, dem er von Dr. Müller vorgestellt wurde, Nathaniel Bland, ein gelehrter Privatmann, dem er das Versprechen geben mußte, ihn demnächst auf seinem Landgute in Surrey zu besuchen, Lord Wrottesley, dem er gleichfalls bald näher trat, Dr. Prichard, Präsident der ethnographischen Gesellschaft, bei dem er wiederholt zu Tische geladen wurde, General Briggs, der 25 Jahre in Indien zugebracht hatte, und der berühmte Altertumsforscher Layard, ein junger Mann (geb. 1817) von einnehmendem Äußern, der die Ausgrabungen der Städte Ninive und Babylon leitete. „Kein Franke hat vor ihm so großen Einfluß auf die Kurden ausgeübt wie er. Er hat die Bauern des Ausgrabungsgebietes wie ein kleiner König und Gesetzgeber regiert, und sie haben sich gern von ihm regieren lassen. Namentlich hat er das Schicksal der Frauen um vieles erleichtert, und sie haben mit Thränen in den Augen von ihm Abschied genommen und ihn gebeten, ja recht bald wieder zu kommen." Öfter war Rost beim deutschen Prediger Dr. Tierks eingeladen, am häufigsten aber ging er zu Bunsen, wo er jeden Tag zum Frühstück willkommen war. Als er diesen zum ersten Male sprach, war er gerade mit den neu gefundenen Inschriften von Behistun beschäftigt, die Rost zufällig auch studiert hatte. Der Meinungsaustausch darüber brachte beide sogleich einander näher und seitdem sahen sie sich oft vor zehn Uhr vormittags im Gesandtschaftshotel, wo sie einmal das zehnte Kapitel der Genesis besprachen, ein anderes Mal birmanisch zusammen trieben u. a. Bunsen stellte dem jungen Deutschen seine ganze Bibliothek zur Verfügung, gab ihm auch ein Empfehlungsschreiben an William Hamilton, den Präsidenten der geographischen Gesellschaft, und erwirkte ihm dadurch die Erlaubnis, die Bibliothek der Gesellschaft frei benutzen zu dürfen. Unter den jungen Orientalisten, die damals in London zugegen waren, wird in den Briefen besonders des Dr. Kellgren gedacht, der ihn einmal zu einem Austernlunch einlud. Dort traf er „das ganze orientalische Feldlager": Snellmann, Nordström, Barbelli, Trithen, Rieu.

Selbstverständlich nahm er sich auch gelegentlich einmal Zeit, die Baudenkmäler, öffentlichen Plätze und sonstigen Sehenswürdigkeiten Londons zu betrachten. Den Plan der Stadt trug er immer bei sich, um sich leicht überall zurechtzufinden. Er hatte sie sich lange nicht so schön gedacht, wie er sie fand; besonders entzückt war er über die Squares, große mit Eisengittern umgebene grüne Plätze oder Gärten, die in Entfernungen von etwa fünf Minuten von einander angelegt waren, und über die umfangreichen Anlagen des Regentsparks, Hydeparks und der Kensingtongardens, die er allein oder an Freundes Seite öfter durchwanderte. Auch freute er sich über die schönen Trottoirs, die durch alle Straßen gingen, über die Pracht der Paläste, die besonders im Westen sehr zahlreich waren, den Luxus der Kaufläden und die herrlichen Bazare, gegen welche die Leipziger Tuchhalle nicht der Erwähnung wert sei. Ebenso besichtigte er den Tunnel und den Tower und machte sich's zum Vergnügen, einmal über den Fischmarkt von Billingsgate und über die großen Obst-, Blumen- und Gemüsemärkte in Coventgarden und an der Hungerfordsuspensionbridge zu gehen, sowie den Mastenwald der zahlreichen Handelsschiffe oder die riesigen Kriegsschiffe des Londoner Hafens in Augenschein zu nehmen. Endlich ging er oft zur Westminsterabtei, in der er auch dem vierstimmigen Chorgesange, dem schönsten in ganz England, mit Vergnügen lauschte. Von den Londoner Predigern gefiel ihm am besten der als Dichter bekannt gewordene Robert Montgomery. Ins Theater und in die großen Konzerte von Exeter Hall ging er in den ersten Jahren aus Ersparnisrücksichten nicht. Dagegen las er regelmäßig politische Zeitungen und nahm, wie dies in einer so ereignisschweren Zeit natürlich ist, lebhaft an allen Tagesfragen Anteil. Daher sind auch seine Londoner Briefe voll von Erörterungen dieser Art, z. B. über die Flucht des Prinzen von Preußen nach London u. a.

Den größten Teil seiner Muße widmete er natürlich der Wissenschaft. Mehrfach verfertigte er für Bunsen größere oder kleinere Aufsätze, die nicht der Öffentlichkeit übergeben worden sind, sondern nur zu dessen Instruktion dienen sollten, z. B. im November 1847 einen über die australischen Sprachen und deren Verhältnis zu den polynesischen. Ferner gab ihm im Februar 1848 Lord Ellesmere den Rat, vor der Hand, d. h. bis er eine Stelle gefunden habe, die birmanischen und Palihandschriften des britischen Museums zu katalogisieren. Das war freilich keine Kleinigkeit. Die Manuskripte waren teils auf Silber oder Kupfer, zumeist aber auf Palmblättern eingeritzt und lagen seit Jahren in Glaskästen, ohne daß sich jemand daran gewagt hätte.[1]) Für diese

---

1) Solche Aufgaben sind in England fast immer von Deutschen gelöst worden, so hat auch Rosts Freund Chr. Fr. A. Dillmann (später Professor in Berlin) in Oxford einen Katalog der äthiopischen und amharischen Handschriften angefertigt und Th. Aufrecht (später Prof. in Edinburg und Bonn) die Oxforder Sanskrithandschriften katalogisiert.

Arbeit, die ihn voraussichtlich Monate lang beschäftigte, sollte er wöchentlich etwa 40 Mark erhalten und zwar aus der Tasche des Lords, der die Aufgabe auf eigene Faust lediglich im Interesse der Wissenschaft gestellt hatte. Seit Mitte März arbeitete Rost daran und war daher täglich fünf Stunden auf dem britischen Museum von ½11—¼4 Uhr; doch hatte er dann noch zu Hause zu thun, um sich teils ein Paliwörterbuch anzufertigen, teils überhaupt möglichst genaue Kenntnis der Sprache zu verschaffen. Denn nicht nur der Hauptinhalt der in den Handschriften stehenden Texte war anzugeben (und selbst dieser konnte oft nur mühsam herausgefunden werden), sondern es war eine genaue Analyse mit Auszügen gefordert worden. Um näher am britischen Museum zu sein, mietete er sich im Juni 1848 eine andre Wohnung: 15 Park Street, Cambden Town im Nordosten des Regentparks. Die Arbeit, mit der er Mitte September zu Ende kam, umfaßte 61 birmanische und 41 Palihandschriften. Darunter war besonders wichtig ein Codex alter buddhistischer Civilgesetze. Da nun die Kuratoren des britischen Museums sich wegen der bedeutenden Ausgaben (mußten doch erst birmanische Lettern, die es damals in England noch nicht gab, zu diesem Zwecke hergestellt werden!) entschieden weigerten, den ganzen Katalog drucken zu lassen, so war Rosts Streben namentlich darauf gerichtet, daß wenigstens dieser Codex durch den Druck veröffentlicht würde. Doch weil der zu Rate gezogene Präsident der asiatischen Gesellschaft erklärte, das Schriftstück wäre wohl nur eine teilweise Übersetzung des brahmanischen Manu, so wurden die maßgebenden Persönlichkeiten verdutzt und gaben den Gedanken an Drucklegung auf. Daher blieb Rost nichts anderes übrig, als etwas darüber in einer Zeitschrift zu veröffentlichen. Es geschah dies 1850, wo im 1. Bande von A. Webers Indischen Studien S. 315—320 ein Artikel aus Rosts Feder erschien unter der Überschrift: „Über den Manusāra", d. h. über ein in Pali von Manurāja verfaßtes birmanisches Civilgesetzbuch in zehn Büchern, das auf dem 8. und 9. Buche des Gesetzgebungswerkes Manus beruht.[1])

Durch seine wissenschaftliche Thätigkeit kam Rost in nähere Beziehung zu bedeutenden Gelehrten, die ihn wieder ihren Bekannten vorstellten. Auf diese Weise lernte er um jene Zeit Männer kennen, wie den Ägyptologen Bonomi, den Assyriologen Botta, den Sanskritaner

---

1) Dieselbe Abhandlung meint wohl der Verfasser des Aufsatzes in der Academy vom 15. Februar 1896, unterzeichnet J. S. C., wenn er sagt: The first publication was an essay on the Hindu sources of Burmese law 1850. — Für die Indischen Studien hat Rost später nichts mehr geschrieben; doch wird in Bd. 9, S. 176 (1865) ein kurzer Auszug aus einem Briefe Rosts an Weber über Sanskrithandschriften gegeben.

Haughton und den Ehrensekretär der asiatischen Gesellschaft Rich. Clarke, der in Madras geboren und daher mit dem Tamulischen völlig vertraut war. Dieser versorgte ihn mit tamulischer Litteratur und brachte ihm die schwierige Aussprache gewisser Laute jener Sprache bei. Über die Bekanntschaft mit so gelehrten Herren empfand Rost solche Freude, daß er sich einmal brieflich äußert: „Ich habe nie geglaubt, daß ich diese Männer, bei deren bloßer Erwähnung ich mich immer im Geiste ehrfurchtsvoll bekreuzigt habe, je persönlich kennen lernen würde, und ich muß es als ein gutes Glück betrachten, daß es mir selbst hier gelingt." Wenn er freilich darauf gerechnet hatte, sich durch seine schwierige Katalogisierungsarbeit einen Weg zur Anstellung in England oder Indien zu bahnen oder auch auf Grund der zahlreichen Empfehlungen einen passenden Platz zu finden, so irrte er. Nicht einmal die Fürsorge Bunsens u. a. hoher Gönner vermochte ihm hier zu helfen. Zwar an Aussichten aller Art fehlte es nicht; aber immer erwiesen sich die Hoffnungen als trügerisch. Besonders gern wäre er nach dem Oriente gegangen, und dazu schien sich eine Gelegenheit zu bieten, da Lady Mount Edgcombe eine Reise nach Ägypten zu machen gedachte und ihn dazu als Erzieher ihrer Kinder mitnehmen wollte. Doch der älteste Knabe der Lady wurde krank, und die ganze Sache zerschlug sich zum großen Verdrusse Rosts, der sich schon darauf gefreut hatte, mit Dr. Dieterici und andern Londoner Bekannten dort wieder zusammenzutreffen. Daß er im Dienste der englisch-ostindischen Kompagnie, selbst bei den besten Empfehlungen, höchstens dann Unterkunft finden konnte, wenn er noch einen Kursus in Addiscombe oder Haileybury durchmachte, erfuhr er bald; doch konnte er sich nicht dazu entschließen; auch den ärztlichen Beruf, der Wilson in Indien die Pfade zum Studium der orientalischen Sprachen geebnet hatte, wollte er nicht noch ergreifen. Der Vorschlag von Sir Erskine Perry, dem Präsidenten des Gerichtshofes in Madras, aber, Rost zum Sekretär der dortigen asiatischen Gesellschaft mit 420 Pfund Sterling (= 8400 Mark) Gehalt zu machen, fand in den beteiligten Kreisen keine Zustimmung, weil die ausschlaggebenden Herren nicht geneigt waren, einen europäischen Gelehrten zu berufen. Nicht viel besser stand es mit dem Plane, in den Ceylonischen Staatsdienst[1]) zu treten. Er schrieb in dieser Absicht einen Brief an den früheren Missionär Benjamin Clough, der seit einiger Zeit als Pfarrer bei Leeds in England lebte; von diesem erhielt er nach acht

---

1) Ceylon war nicht wie ein großer Teil des festländischen Indiens in den Händen der englisch-ostindischen Kompagnie, sondern seit dem Frieden von Amiens 1802 englisches Staatseigentum und Krongut.

Tagen die Antwort, es halte erstaunlich schwer, eine solche Stelle in Ceylon zu bekommen. In der Regel gingen nur Söhne angesehener englischer Familien dahin, die bereits mit der Insel irgend welche Verbindung hätten. Diese erhielten anfangs 300 Pfund Sterling (6000 Mark) und wären als „Schreiber" thätig; wenn sie dann eine Landessprache erlernt hätten, erlangten sie Anwartschaft auf eine höhere Stelle im Justizdienst oder Steuerwesen mit 450—600 Pfund. Die Stellen würden vom Ministerium in London vergeben; aber Reisekosten, Ausstattung und erste Einrichtung an Ort und Stelle müsse er selbst beschaffen. Dieser Punkt war die Klippe, an der die Angelegenheit hauptsächlich scheiterte; denn eine Summe von 6000 Mark, die er dazu brauchte, konnte er nicht so leicht beschaffen.

Dagegen hätte er eine Anstellung beim bayrischen Gesandten Cetto bekommen können, mit dem er 14 Tage in Unterhandlungen stand. Er sollte dessen Söhne unterrichten und namentlich den ältesten bis zur Universität bringen; aber da er bis abends sechs Uhr gebunden gewesen wäre und auch nicht mehr 150 Pfund Sterling (3000 Mark) wie sein Vorgänger, sondern bloß 120 Pfund erhalten sollte, verzichtete er auf den Posten, zumal er glaubte, daß er nicht die nötige Muße zu seinem Steckenpferde, dem Betriebe der orientalischen Sprachen, finden würde. Auch ein Plan seiner Freunde, ihn irgendwo als Bibliothekar der Königin unterzubringen, schlug fehl, da man bei genauerer Nachforschung erfuhr, daß nur in Windsor eine solche Stelle vorhanden und damals wohl besetzt war. Endlich Ende August 1849 schien ihm das Glück günstig zu sein, insofern er eine Unterkunft zu Ickworth bei Bury St. Edmunds in der Grafschaft Suffolk, etwa 35 km östlich von Cambridge fand. Dort gab er dem Ortsgeistlichen, einem reichen und hochgeschornen adeligen Herrn, Reverend Lord Arthur Hervey, täglich drei Stunden, eine im Sanskrit und zwei im Deutschen; in letzteren wurden besonders die Werke Jak. Grimms (z. B. die deutsche Mythologie) und Humboldts Einleitung in die Kawisprache, später auch das Nibelungenlied gelesen. Nebenbei unterrichtete er drei Damen aus der Umgegend im Deutschen. Die Kinder des Hauses genossen die Unterweisung der Eltern und einer Französin. Selbstverständlich war, daß Rost die große Universitätsbibliothek des benachbarten Cambridge für seine Zwecke ausbeutete; auch kam er öfter mit dem bekannten Sprachforscher Dr. Donaldson zusammen, der in dem nahen Bury St. Edmunds Schuldirektor war. Doch erwies sich die Hoffnung auf eine angenehme Stellung in Ickworth bald als trügerisch. Denn der Hochmut und das steife, ungemütliche Wesen der Pastorsleute verleidete ihm den Aufenthalt. Darum fühlte er sich glücklich, als er nach einem halben Jahre Gelegenheit fand, die ihm immer weniger zusagenden Räume des Pfarrhauses zu verlassen. Das geschah durch einen Brief des Schriftstellers Mac Farlane aus Canterbury, den er bei Norris kennen gelernt hatte. Dieser bot ihm eine Stelle als Lehrer des Deutschen an der dortigen Domschule an, die er denn auch nach einigem Zögern annahm. So siedelte er unter etwa zehntägigem Verweilen in London am 16. April 1850 nach Canterbury über.

III. Canterbury (1850—1863).

Die Stadt Canterbury liegt in der Grafschaft Kent an dem von dort an schiffbar werdenden Stour.[1]) Sie zählte damals nur etwa 15 000 Einwohner, doch da sie an der Straße von London nach den Küstenplätzen Dover, Deal, Ramsgate und Margate lag, hatte sie ziemlich lebhaften Zwischenhandel, besonders in Getreide, Wolle, Vieh und Pökelfleisch. Auch besaß sie Seiden- und Baumwollenfabriken und besuchte Mineralquellen, vor allem aber einen sehr bedeutenden Hopfenmarkt, den größten in England. Die Hopfenpflanzungen zogen sich rings um die Stadt und gaben der Umgegend ein eigentümliches Gepräge. Die Straßen hatten meist nur geringe Breite und die Häuser mit ihren spitzen Dächern, Giebelfenstern und hölzernen Balkonen gewährten ein altertümliches Aussehen. Die alten Befestigungen waren größtenteils beseitigt, aus den verfallenen Warttürmen der Stadtmauer wuchsen Bäume, und die Wälle hatte man in Terrassen und Spaziergänge, den Wallgraben dagegen in Privatgärten verwandelt. Blumenbeete und Rasenanlagen schmückten die freien Plätze; eine 500 Schritte lange Lindenallee durchzog einen Teil der Stadt, und in ihrer Nähe war ein künstlicher Hügel, der Dane John, aufgeworfen, von dem man Canterbury und das wellenförmige Gelände seiner Umgebung gut übersehen konnte. Militärkonzerte wurden häufig von den einzelnen Musikkorps der 3000 Mann betragenden Garnison abgehalten, besonders Dienstag und Freitag Nachmittag von 4—6 Uhr spielte die Kapelle bei günstigem Wetter regelmäßig unter den Linden in der Nähe von Rosts erster Wohnung, Dane John no. 7, während die vornehme Welt Canterburys im Halbkreise herum saß oder unter den Bäumen lustwandelte. Als Sitz des Erzbischofs und Primas von England war die Stadt reich an Kirchen; die bedeutendste von den elf vorhandenen war die gotische Kathedrale aus dem 12. Jahrhundert, in der Thomas Becket 1170 er-

---

[1]) Die Stadt und ihre Hauptsehenswürdigkeiten in Wort und Bild werden uns vorgeführt von F. Arnold in der Zeitschrift The Graphic, b. 31. März 1883, S. 335—340.

morbet worden war und Grab, Helm und Waffenrock des schwarzen Prinzen gezeigt wurden. Von sonstigen sehenswerten Gebäuden ist besonders das Kloster des heiligen Augustin zu nennen, das 1848 baulich erneuert und von einer Missionsanstalt (St. Augustines College) bezogen worden war.

Die Domschule, an der Rost fortan zu unterrichten hatte, gehörte zur Kathedrale. An ihrer Spitze stand damals ein Geistlicher, Herr Wallace, der beste Prediger weit und breit, der aber nur gelegentlich einmal, wenn es galt, einen erkrankten Amtsbruder zu vertreten, die Kanzel der Hauptkirche betrat. Neben ihm wirkten zwei Hauptlehrer, ein head master und second master, die einen verhältnismäßig geringen Gehalt bezogen und daher darauf angewiesen waren, einen Teil der etwa 100 Schüler in Kost und Logis zu nehmen, wie denn auch Mr. Wallace deren 40 in Pension hatte. Die Privatlehrer für Französisch, Deutsch, Hebräisch, Schreiben und Singen wurden so bezahlt, daß für jede Stunde jährlich 200 Mark vergütet wurden. Zu ihnen gehörte Rost; demnach bekam er für seine fünf Stunden jährlich tausend Mark. Er hatte Dienstag und Freitag von 2—4 und Sonnabend von 12—1 zu unterrichten und zwar nur in den beiden obersten Klassen; an jenen Tagen lehrte er deutsche Grammatik und Litteraturgeschichte, an diesem Hebräisch.[1])

Mit einer solchen Jahreseinnahme konnte er begreiflicherweise in England nicht auskommen. Daher sah er sich genötigt, noch Privatstunden zu geben, wozu sich auch bald in Canterbury und Umgegend Schüler und Schülerinnen fanden, zunächst in geringer Zahl, von Jahr zu Jahr aber immer mehr, sobaß ihm der Umfang dieser Nebenstunden manchmal lästig wurde und er daran dachte, einen Teil davon aufzugeben. Namentlich vielbeschäftigt war er in den benachbarten See- und Badeorten Deal, Ramsgate und Margate. Hier unterwies er entweder junge Leute im Hindostani oder, was weit häufiger der Fall war, im Deutschen. Besonders hatte er zahlreiche Schülerinnen im Alter von 16—25 Jahren, die in der Regel weniger aus Wißbegierde die fremde Sprache trieben, als deshalb, weil es damals zum guten Tone gehörte. An manchen Tagen hatte er vier Stunden hinter einander zu geben. So fuhr er 1851 jeden Mittwoch Nachmittag nach Ramsgate, wo er von 4—3/4 6 Uhr eine Lektion in einem Mädcheninstitute zu geben hatte; um

---

[1]) Prof. Dr. Voigtmann vom Coburger Gymnasium, der 1852 zehn Tage lang in Canterbury weilte und während dieser Zeit die Domschule genauer kennen lernte, auch dem Schulaktus am 28. Sept. beiwohnte, hat darüber einen Bericht in den pädagogischen Blättern des Prof. Dr. Kern, Aprilnummer 1853, unter dem Titel: „Ein Schulfest in Canterbury" geschrieben, in dem auch Rosts anerkennend gedacht wird.

6 Uhr brachte ihn die Eisenbahn nach Margate, wo er zunächst einer jungen Dame und deren Gouvernante deutsche Grammatik beibrachte und dann mit einem Schüler ein Schillersches Drama las. Für die Stunde erhielt er fünf Mark; dafür hatte er aber auch die Korrekturen mit zu besorgen, die ihm der Privatfleiß seiner Zöglinge reichlich aufbürdete. Sein Einkommen wuchs durch diese Nebenbeschäftigung auf etwa 3000 Mark. Angenehm war aber diese Doppelstellung gewiß nicht, und das Umherziehen als Wanderlehrer sagte ihm im allgemeinen wenig zu. Daher wäre es ihm zu gönnen gewesen, wenn er bald eine andere, ihn mehr befriedigende Unterkunft gefunden hätte. An Anträgen dazu fehlte es ihm allerdings nicht: So wurde ihm schon im Juli 1850 eine Stelle in Wimbledon bei London angeboten an dem neu gegründeten Institute eines Herrn Murray, einer Vorbereitungsanstalt für die Universität und die ostindischen Kollegien, ferner erhielt er im November 1851 das Anerbieten, an der Schule zu Cheltenham, die 400—500 Zöglinge hatte, zweiter Lehrer des Deutschen zu werden; desgleichen forderte ihn im August 1854 Dr. G. Mac Cawley, der Präsident des Kings College zu Windsor in Neuschottland, auf, die dort frei gewordene Professur für neuere Litteraturgeschichte mit jährlich 4000 Mark Gehalt, freier Wohnung und freier Überfahrt anzunehmen; ja im Oktober des Jahres 1862 trug ihm der Kgl. Schulinspektor der Präsidenschaft Bombay eine Professur für Sanskrit und Persisch an der Elphinston Institution in Bombay mit 12 000 Mark Gehalt an. Doch waren alle diese Stellen nicht einwandfrei, eine wegen des Gehalts, die übrigen in andrer Hinsicht; am günstigsten war jedenfalls die zuletztgenannte und für diese hätte er sich wahrscheinlich entschieden, wenn er sich nicht inzwischen verlobt hätte; aus Rücksicht auf die Braut wies er auch im Jahre 1863 einen Posten an der Kaiserlichen Bibliothek in Petersburg von der Hand, den ihm Staatsrat Schiefner persönlich in Canterbury anbot. Dagegen hätte er gern einige in England selbst in Aussicht stehende Stellen angenommen, wenn er das Glück gehabt hätte, sie zu erhalten. Als Dr. Aufrecht 1862 für die neugegründete Professur des Sanskrit in Edinburg berufen wurde, machte ihn ein Freund darauf aufmerksam, daß er sich um dessen frei werdende Bibliothekarstelle in Oxford bewerben solle, doch erfuhr er bald von dem Inhaber selbst, daß sie nicht wieder besetzt werden würde. Ebenso mißlang ihm im Jahre 1861 der Versuch, die Assistentenstelle bei Norris zu bekommen, die zwar nur 2000 Mark eintrug und ziemlich verantwortungsvoll war, weil diplomatische Dokumente aus allen möglichen europäischen und gelegentlich auch außereuropäischen Sprachen für das auswärtige Amt übertragen werden mußten, die aber doch Aussicht bot, später einmal die Translatorstelle des Pro-

fessors Norris selbst mit weit höherem Gehalt zu bekommen. Obwohl er sich nun auf dessen Anregung hin persönlich beim Minister des Auswärtigen, Lord Russell, bewarb und auch Professor Stanley[1]) in seinem Interesse an den Minister schrieb, ergab sich doch bald, daß dieser bereits einem andern Herrn Versprechungen gemacht hatte. Gleichfalls vergeblich war die Meldung zu einer Professur für Hindostani an der Militärakademie in Woolwich, die im Jahre 1859 von der Regierung gegründet wurde, um den von nun an[2]) in größerer Zahl nach Indien gehenden englischen Offizieren Unterricht in dieser Sprache zu erteilen. Trotz seiner mehrfachen vorzüglichen Empfehlungen von hervorragenden Männern wurde er nicht gewählt, weil man dabei vor allen diejenigen bevorzugte, die schon in Indien gewesen waren, und sich zu einer so einträglichen Stelle eine Menge derartiger Bewerber gemeldet hatten.

Indessen gestaltete sich seine Thätigkeit in Canterbury insofern bald günstiger, als er ein neues, dankbareres Schaffensgebiet fand, nämlich eine Professur für orientalische Sprachen an der Missionsanstalt zu St. Augustin. An dieser hatten bis dahin drei Lehrer gewirkt, der Warden, damals ein Rev. Henry Bailey, der Subwarden, ein Herr Moor, und der Lehrer der klassischen Sprachen, Herr Orger. Diese wohnten im Hauptgebäude, während die Studenten, damals 17 an Zahl, zusammen in einem Seitengebäude in einzelnen Zimmern untergebracht waren. Der Kursus war vierjährig und kostete fürs Jahr 800 Mark, die Zöglinge waren meist Söhne von ärmeren Landgeistlichen oder Handwerkern. Außer Dogmatik wurde vornehmlich Lateinisch, Griechisch und Mathematik getrieben; auch wurde den Studierenden ein Handwerk beigebracht, sei es das der Zimmerleute oder Schneider oder Schuhmacher u. a. Da alle nach Beendigung des vierjährigen Lehrganges in überseeische Länder geschickt werden sollten, so war schon bei der Gründung der Anstalt (1848) vorauszusehen, daß sie auch einiger Kenntnis der fremden Sprachen benötigt sein würden; somit war es nur eine Frage der Zeit, daß orientalischer Sprachunterricht wenigstens in den beiden oberen Klassen der Anstalt eingeführt werden würde. Aber erst Anfang des Jahres 1853 waren die diesem Vorhaben entgegen=

---

1) Dieser berühmte Gelehrte, der mit dem Prinzen von Wales Ägypten und Palästina besucht hat, schätzte Rost sehr hoch. In einem seiner Briefe erwähnt er, was für einen tiefen Eindruck dessen unermeßliche Gelehrsamkeit und Bescheidenheit auf ihn gemacht habe und wie jeder, der mit ihm gesprochen, durch seine ausgedehnten Kenntnisse, besonders in orientalischen Angelegenheiten, in Erstaunen gesetzt worden sei. Vgl. Times vom 10. Februar 1898.

2) Am 1. November 1858 war nach Niederwerfung des indischen Aufstandes die ostindische Kompagnie aufgehoben worden und das angloindische Gebiet in den unmittelbaren Besitz des englischen Reiches übergegangen.

stehenden finanziellen Schwierigkeiten soweit gehoben, daß Rost für den Posten eines Lehrers der orientalischen Sprachen berufen werden konnte. Er schreibt darüber am 12. Januar 1853: „Eines schönen Morgens ließ mich der Warden des hiesigen Missionskollegiums zum heiligen Augustin zu sich kommen, setzte mir auseinander, daß, nachdem es schon längst höchst wünschenswert erschienen, im Kolleg auch die morgenländischen Sprachen zu lehren, sich endlich the committee of the society for the propagation of the gospel ins Mittel gelegt und nicht nur eine besondere Professur für diesen Unterrichtszweig, sondern auch Stipendien zur Ermutigung der Studentenschaft gestiftet und noch andere Maßregeln zur Hebung der Anstalt getroffen habe. Und zuletzt fragte er mich, ob ich diese Stelle annehmen wolle; sie trage zwar nur 40 Pfund (= 800 Mark) ein, aber dafür habe ich auch wöchentlich nur etwa drei Vorlesungen zu halten und zwar vor der Hand bloß für zwei Studenten. Dieser Antrag überraschte mich um so angenehmer, als ich schon längst alle Hoffnung auf eine solche Anstellung, wie sie mir der Warden schon vor drei Jahren in Aussicht gestellt, aufgegeben hatte. Am 18. Januar werde ich meine neue Stelle antreten." Hier war er nun ganz an seinem Platze und konnte von der unerschöpflichen Fülle seines Wissens nach Herzenslust Gebrauch machen. Wie anregend und fördernd er gewirkt hat, beweist außer vielem andern recht deutlich die große Liebe aller seiner Schüler. Hat ihm doch im Sommer 1855 einer von ihnen, der damals Student im indischen Seminar zu Haileybury war, eines Tages eine sehr wertvolle Prämie geschenkt, die er dort wegen guter Fortschritte im Hindostani erhalten hatte, mit den Worten, er habe seine Fortschritte doch nur der guten Grundlage zu verdanken, die er bei ihm gelegt hätte. Sicherlich ist auch mit auf seine erfolgreiche Thätigkeit das Anwachsen der Schülerzahl und der sich mehrende Ruhm der Anstalt zurückzuführen. Schon im Jahre 1860 betrug die Zahl der Studierenden 43, sodaß die Lehrerstellen um eine vermehrt werden mußten. Inzwischen hatte Rost auch eine Wohnung im St. Augustins-Kolleg selbst erhalten. Hatte er anfangs Dane John no. 7, dann seit 1854 Watling Street no. 40 gewohnt, so bezog er am 21. April 1855 sonnige Räume im zweiten Stockwerke des Klosters, bestehend aus einer Stube und zwei daranstoßenden Kammern mit Ausblick auf grüne Anlagen und herrliche Lindenbäume. Von nun an mußte er sich in mannigfacher Hinsicht den Anordnungen der Anstalt fügen. Früh 7 Uhr und abends ½10 Uhr war Andacht in der Kapelle, woran er wenigstens morgens regelmäßig teilnahm. Gemeinsam wurde das Frühstück um 8, das Mittagessen um 2, der Thee um 6 Uhr eingenommen und nur das kalte Abendbrot ½9 Uhr wurde ihm auf seine Stube gebracht. Für

III. Canterbury (1850—1863).

Logis, Beköstigung, Feuerung und Bedienung hatte er wöchentlich 20 M. zu entrichten. Als im Jahre 1861 wegen der wachsenden Studentenzahl ein Erweiterungsbau nötig wurde, kam das neue Gebäude gleich neben Rosts Wohnung, sobaß er jederzeit hinübergehen und mit den Zöglingen verkehren konnte. Und wie gern that er das, zumal als sich Studierende aus fremden Ländern einfanden, mit denen er in ihrer Muttersprache reden konnte! Schon im Jahre 1853 war ein Inder aus Dakka in Bengalen dort, der außer Bengalisch auch Hindostani und Sanskrit verstand, ferner ein Neger, der längere Zeit auf einer höhern Lehranstalt in Guyana gewesen war, und ein Eskimo, Namens Kallihirua, 1860 ein Türke und ein Neugrieche vom Berge Athos, 1861 aber wurden auch Afrikaner in die Anstalt aufgenommen, nämlich zwei Kaffern, ein Basuto und ein Betschuane. Mit diesen gab er sich ganz besonders ab, ja spielte sogar mit ihnen Domino um Lambertsnüsse. Dieser Zuwachs an fremden Schülern bewirkte, daß sich von Jahr zu Jahr die Zahl seiner Unterrichtsfächer und seiner Stunden vermehrte. Mit Sanskrit hatte er begonnen, dazu kam dann Tamulisch, 1858 auch Chinesisch, da nun China für Missionare geöffnet worden war; ja von 1891 an lehrte er sogar die Kisuahelisprache, weil jetzt mehr englische Missionare unter den Suaheli in Ostafrika gebraucht wurden. 1861 hatte er 3 Stunden Tamulisch, 2 Malaiisch, 2 Hindostani und Persisch, 2 Portugiesisch, 4 Sanskrit und 1 indische Altertümer, 1862 gab er 6 Stunden Sanskrit in drei Klassen, wobei in der ersten der Rigveda gelesen wurde, 2 Chinesisch, 2 Hindostani und Mahratti, 2 Holländisch und 2 Portugiesisch. Auch Arabisch, Birmanisch, Singhalesisch, Pali und Tibetanisch wurden ab und zu gelehrt oder im mündlichen Verkehr mit den fremden Zöglingen gebraucht. Erzählt doch Cecil Bendall in dem Nachrufe der Zeitschrift Athenäum, er habe aus Rosts eigenem Munde erfahren, daß dieser einst einen jungen Birmanen auf Birmanisch in der Grammatik seiner Muttersprache unterwiesen habe! Natürlich freute er sich auch, wenn er Gelegenheit fand, von einem Eingebornen etwas zu lernen und im mündlichen Verkehre das zu ergänzen, was er sich von dessen Idiom aus Büchern angeeignet hatte. Doch genügte es ihm nicht, sich die Sprachen theoretisch und praktisch einzuprägen, er suchte sich auch mit der Litteratur der Völker vertraut zu machen und sich möglichst viel Schriftstücke zu beschaffen. Oft erfahren wir von Büchersendungen, die aus Manila, Formosa, Madagaskar und anderswoher eingetroffen sind. Besonders Missionare waren für ihn in diesem Sinne thätig. Auch hielt er sich auf eigene Kosten die Zeitschriften der Deutschen Morgenländischen Gesellschaft und anderer gelehrter Körperschaften, um mit den neuesten wissenschaftlichen Forschungen auf dem Laufenden zu bleiben.

Kein Wunder, daß seine gewaltigen Sprachkenntnisse in Canterbury und Umgegend vielfach zu praktischen Zwecken ausgenutzt wurden. Ab und zu wurde er als Dolmetscher zugezogen: einmal schon 1848 während seiner Anwesenheit auf dem britischen Museum, wo er zwischen einem Beamten der Anstalt und einem alten polnischen Juden vermitteln mußte, der seltene rabbinische Bücher zum Verkaufe brachte und kein Wort Englisch verstand, dann im Dezember 1856 vor den Assisen in Maidstone[1]), wo es galt, die Aussagen eines Serben zu interpretieren, der seine Geliebte und deren Schwester bei Dover ermordet hatte und auf der Flucht bei Canterbury ergriffen worden war; ferner brachte ihm 1855 ein Bürger einen russisch geschriebenen Brief, den englische Matrosen an der finnischen Küste gefunden und als Sonderbarkeit nach Hause geschickt hatten, der aber keine Staatsgeheimnisse, sondern nur die Einladung zu einer Hochzeit enthielt, und bald darauf wurde ihm ein Blatt mit der Bitte um Übertragung zugestellt, das ein Soldat in der Nähe von Sebastopol aufgelesen hatte; darin war ein Gutachten zweier Ärzte über Hospitalangelegenheiten enthalten. Und wie hier der slavischen Sprachen, so zeigte er sich bei einer andern Gelegenheit des Armenischen so weit mächtig, daß er es bequem ins Englische übersetzen konnte. Im November 1861 schickte ihm nämlich Prof. Norris aus London einen armenisch geschriebenen Brief aus Wan in Kleinasien mit der Bitte, ihn, da er jetzt keine Zeit habe, für das auswärtige Amt zu übersetzen. Daneben erfahren wir hier und da von der Beschäftigung mit andern Sprachgebieten. So sandte ihm z. B. Kapitän Washington im Frühjahr 1853 ein kleines Englisch=Eskimo=Vokabular, das er im Auftrage der Admiralität zur Benutzung der Mannschaft einer neuen Nordpolexpedition angefertigt hatte, und verband damit die Bitte, es nach der Aussprache des in der Missionsanstalt weilenden Eskimos zu verbessern, eine Aufgabe, der sich Rost im Verein mit seinem Amtsgenossen Moor bereitwillig unterzog. Natürlich wurde er auch in Anspruch genommen, wenn es galt, Werke in orientalischen Sprachen durch den Druck zu veröffentlichen. So hatte er 1857 den Druck eines armenischen neuen Testaments zu überwachen und wöchentlich zwei Korrekturbogen zu lesen, so hatte er auch 1861 beim Drucke eines englisch=malaiisch=bajakischen Wörterbuches[2]) die Hauptarbeit übernommen, die Abfassung des Vorwortes und der wissenschaftlichen Einleitung sowie die Revision.

Zum ersten Male trat er jetzt in geschäftliche Beziehung zur Firma

---
1) In der Grafschaft Kent.
2) Es sollte zwei nach Borneo gehenden Missionaren mitgegeben werden.

des Verlagsbuchhändlers Nic. Trübner in London, mit dem er schon seit Jahren befreundet war. Dieser machte ihm im April 1861 den Vorschlag, die fünf ersten Bände der Werke des 1860 verstorbenen Sanskritisten H. H. Wilson für die beabsichtigte Gesamtausgabe vorzubereiten. Rost ging darauf ein und verpflichtete sich, wöchentlich zwei Bogen durchzusehen, d. h. den Text zu berichtigen und, wo nötig, Anmerkungen hinzuzufügen, sowie die letzte Korrektur zu besorgen. Als Honorar erhielt er für den Bogen 20 Mark. Die Arbeit war ihm um so angenehmer, als er die Person des Verfassers genau kannte und mit dem Stoffe hinlänglich vertraut war. Wilson, geboren 1786, hatte 1808 als Arzt und Chemiker bei der Münze Anstellung im Dienste der ostindischen Kompagnie gefunden. In Calcutta erübrigte er soviel Zeit, daß er sich mit der Litteratur, den Sitten und Gebräuchen der Eingebornen bekannt machen konnte, und wurde 1820 als Professor an der Universität Benares angestellt. Dann war er lange Sekretär der asiatischen Gesellschaft von Bengalen, bis er 1832 als Professor des Sanskrit nach Oxford und nach Wilkins Tode als Oberbibliothekar an das East India House berufen wurde. Er schrieb außer einem großen Sanskritwörterbuch und einer Sanskritgrammatik sowie geschichtlichen Forschungen über Britisch Indien und das alte Ariana eine Reihe wichtiger Schriften über die Religion und die Litteratur der Hindus, die nunmehr in 12 Bänden neu herausgegeben werden sollten, dergestalt, daß Band XI und XII, Selected Specimens of the Theatre of the Hindus, einfach wieder abgedruckt wurden, Band VI—X mit Abhandlungen zur indischen Mythologie und Überlieferung[1]) von dem Amerikaner Fitzedward Hall und Band I—V mit Abhandlungen über religiöse und andere Stoffe von Rost besorgt wurden. Die beiden ersten Bände erschienen 1861 und 1862[2]), die Ausgabe der übrigen drei verzögerte sich einmal durch eine lange schwere Krankheit, die Rost zwang, auf Monate alle litterarische Beschäftigung aufzugeben (vgl. Vorwort zu Band III, S. XIII), und sodann durch seine inzwischen erfolgte Ernennung zum Sekretär der asiatischen Gesellschaft in London und die damit zusammenhängende Übersiedelung dahin im Jahre 1863. Sie erschienen in den Jahren 1864

---

1) Vishṇupurāṇa or System of Hindu Mythology and Tradition translated from the Original Sanscrit.
2) Inhalt von Band I: Sketch on the religious Sects of the Hindus, wieder abgedruckt aus den Asiatic Researches vol. XVI Calcutta 1828. S. 1—136 und XVII, Calcutta 1832, S. 169—314. Darin ist der wichtigste Abschnitt der dritte, S. 80—359, überschrieben: Present Divisions of the Hindus and of the Vaishṇavas in particular. Band II enthält: Essays and Lectures chiefly on the Religion of the Hindus.

und 1865.¹) Rost giebt in der Einleitung zu Band I einen kurzen Lebenslauf Wilsons und würdigt dessen Verdienste; sein Hauptgrundsatz bei der Herausgabe ist, den Text möglichst wenig zu verändern. Verbesserungen, Ergänzungen u. a. fügt er in eckigen Klammern bei. Besonders läßt er sich's angelegen sein, die neuere Litteratur nachzutragen, z. B. I S. 9, 44, 62, 93; mitunter giebt er auch erklärende Bemerkungen, z. B. III zu Payoshṇī: [i. e. Payin Gangâ. Lassen, Indische Altertumskunde I², 211. 689 Anm. 3]. Kurz, er ist überall bemüht, die meist vor 30—40 Jahren geschriebenen Artikel dem derzeitigen Stande der Wissenschaft anzupassen und dem Verständnis der Leser näher zu bringen.²) Auch fügt er einen ausführlichen Index bei, der ihn mehrere Wochen Zeit kostet.

Doch beschäftigte sich Rost während seines 13 jährigen Aufenthalts in Canterbury auch mit andern wissenschaftlichen Stoffen. Gelegentlich schrieb er für die Zeitschrift der Missionsanstalt, the Colonial Church Chronicle and Missionary Journal, eine Recension, z. B. in der Nummer vom 1. Februar 1860 S. 75 ff. über M. Müllers History of ancient Sanscrit Literature so far as it illustrates the primitive Religion of the Brahmans. London 1859; ferner studierte er in den Osterferien der Jahre 1853 und 1859 neue mit Keilschrift bedeckte assyrische Funde auf dem britischen Museum in London; auch veröffentlichte er in der Zeitschrift der Deutschen Morgenländischen Gesellschaft VIII, 604—608 einen Aufsatz mit dem Titel: „Nachträge zu Gildemeisters Bibliotheca sanscrita", datiert Canterbury September 1853, und gab darin Nachrichten über 27 in bengalischen Lettern gedruckte Sanskritwerke, die in Gildemeisters Schrift nicht erwähnt waren. Daneben war er mit

---

1) Ihr Inhalt ist folgender: Essays analytical, critical and philological on Subjects connected with Sanscrit Literature: a. Analysis of the Purāṇas b. Hindu fiction. c. On the medical and surgical Sciences of the Hindus. d. Introduction to the Mahābhārata and Translation of three Extracts. e. Introduction to the Daçakumâracharita. f. Analytical Account of the Panchatantra. g. Auszug aus dem Kathâsaritsâgara, the largest Collection of domestic Narrative in India. h. On the Art of War as known to the Hindus. i. Translation of the Meghadûta. k. The Review of Sir F. Macnaghtens Considerations on Hindu law. l. Bhagavadgītā. m. Preface to the Sanscrit Dictionary. n. Notices of European Grammars and Lexicons of the Sanscrit Language. o. Review of Prof. M. Müllers History of ancient Sanscrit Litterature.

2) Im Vorwort zu Band III giebt er selbst seine Grundsätze folgendermaßen an: Leaving the text almost invariably intact and adding only such notes and references as would appear to him calculated to supply to the reader the means partly of corroborating, partly of supplementing and perhaps occasionally also correcting the statements made in the text.

Arbeiten für verschiedene Gelehrte beschäftigt: So schickte ihm der Leipziger Sanskritprofessor Herm. Brockhaus im Frühjahr 1856 einen größeren Auftrag, der eine halbjährige Thätigkeit erforderte, und Prof. Norris bedachte ihn mehrfach mit Übertragungen offizieller Schriftstücke, z. B. eines österreichischen Ministerialberichtes aus der Feder des Grafen Thun, der das Verhältnis der Kirche zum Staate behandelte. Vor allen Dingen aber nahm seine Thätigkeit ein Auftrag in Anspruch, den er 1851 für die Kaiserliche Bibliothek in Petersburg erledigen sollte. Die Verhandlungen über diesen Gegenstand leitete der russische Hofrat Kossowicz; und zwar handelte es sich darum, die in genannter Bibliothek befindlichen Palmblätterhandschriften in einem ausführlichen Kataloge beschreibend zu behandeln. Eine bestimmte Geldentschädigung war nicht ausgemacht, doch galt Honorierung in klingender Münze als selbstverständlich. Als die Handschriften nach Canterbury übersandt worden waren, machte sich Rost an die Arbeit, obwohl wegen ihres unbedeutenden Inhalts kaum ein halbes Dutzend der Beschreibung wert waren und viele von ihnen bloß das Interesse hatten, daß sie zeigten, welche Meisterschaft im Ausdrucke die jesuitischen Missionare, ihre Verfasser, zu erreichen im stande waren und wie geschickt sie sich den Ideen der Eingebornen anzupassen wußten. Der Bearbeitung fügte er zwei Tafeln Facsimilia sämtlicher Handschriften bei, von jeder eine Zeile. Die Zahl der Manuskripte betrug 27, verfaßt waren sie in folgenden Sprachen: Pali, Gujarâti, Hindui, Bangâli, Malayâlam, Tamulisch, Siamesisch, Javanisch. Sie sind abgedruckt in dem Catalogue des Manuscrits et Xylographes orientaux de la Bibliothèque Impériale publique de St. Pétersbourg. St. Petersburg 1852, Sektion XVI—XXIV, d. h. S. 629—657. Préface S. XXVII f. wird Rost sehr lobend erwähnt und dabei u. a. gesagt: Mr. le Dr. Rost, mu uniquement par l'amour de la science se prêta avec un zèle infini et un rare désintéressement au service que lui demandait la Bibliothèque Impériale publique. Als Belohnung für die geleisteten großen Dienste erhielt er durch Vermittlung des russischen Gesandten, Barons von Brunnow, zunächst den russischen St. Annenorden und bald darauf den Betrag von 1000 Mark.[1])

Nach Beendigung dieser Aufgabe hätte Rost gern eine andre übernommen, die ihm zusagte, wenn sie ihm übertragen worden wäre. Im Westen der Provinz Orissa (Oriya), südwestlich von Calcutta, wohnte

---

1) Nicht bloß 300 Mark, wie in der Gartenlaube, Jahrgang 1865, S. 141 f. angegeben ist, wo die Bemerkung daran geknüpft ist, daß die bezahlte Summe der aufgewandten Mühe nicht entspräche. Jedenfalls ist Rost selbst mit dem Honorar sehr zufrieden gewesen und hat sich aufrichtig darüber gefreut.

nämlich das wilde Bergvolk der Khond (Gond), die in Sprache, Religion und Sitte von den umwohnenden Völkerschaften völlig verschieden waren und ihren Götzen Menschenopfer darbrachten. Um sie zu kultivieren, hatte die englische Regierung einen politischen Agenten, den Kapitän Macpherson, in ihr Land geschickt, der sehr rührig war, aber schließlich durch das ungesunde Klima genötigt wurde, das Land zu verlassen und einen längern Urlaub nach der Heimat anzutreten. Dieser legte Rost eines Tages den litterarischen Nachlaß des im Lande der Khond am Fieber verstorbenen Missionars Dr. Cadenhead vor, eine größere Zahl Hefte mit Texten in der Khondsprache und einer Interlinearübersetzung in der Sprache der Landschaft Orissa. Dabei befand sich der Anfang einer Grammatik und eines Wörterbuches. Die Witwe hatte nun den Wunsch, den Nachlaß ihres verstorbenen Mannes herauszugeben, und Rost war, obwohl kein Wort Englisch darin stand und er damals die Sprache der Khond so wenig wie die von Orissa verstand, gleichwohl bereit, die Arbeit zu übernehmen, d. h. den Text zu analysieren und Grammatik und Wörterbuch zu beendigen, falls ihm genügende Zeit gelassen würde und die englisch-ostindische Kompagnie die Erlaubnis erteilte. Doch wurde trotz der warmen Fürsprache des Kapitäns Macpherson nicht er mit der Vollführung des Auftrags betraut, sondern einer aus der Zahl der Missionare, die bereits die einschlägigen Sprachen und Verhältnisse genau kannten. Immerhin ist dieser ganze Vorgang bezeichnend für das Selbstvertrauen, das der bedeutende Gelehrte schon damals in sprachlichen Dingen hatte.

Zum Katalogisieren von orientalischen Handschriften bot sich 1853 wohl Gelegenheit, aber er hatte keine Neigung. Denn da die Anstellung am britischen Museum, wo ihn Frederik Madden, der Direktor der Handschriftenabteilung, für die Bearbeitung der indischen Manuskripte vorschlug, nur auf eine bestimmte Zeit, d. h. bis zur Vollendung der 2—3 Jahre dauernden Arbeit währen sollte, so wollte er um keinen Preis darauf eingehen.

Wohl aber war er noch in anderer Weise für die Wissenschaft thätig. Namentlich suchte er die Missionare zu bewegen, daß sie für ihn Stoff sammelten. So bat er 1857 einen Geistlichen aus Canada, der lange unter den Mohawkindianern gelebt hatte und jetzt in ihre Mitte zurückkehrte, ihre Volkslieder, Gebräuche und Überlieferungen aufzuschreiben und ihm zuzustellen; ein gleiches Gesuch in Bezug auf die Dajalen der Insel Borneo richtete er um die nämliche Zeit an den dort wirkenden Bischof. Er bemerkt dazu, wenn man diese Leute nicht ganz besonders für dergleichen Sammlungen zu gewinnen suchte, dächten sie gar nicht daran, weil sie sich einbildeten, daß sich niemand dafür inter-

III. Canterbury (1850—1863).

essieren könne.¹) Auch lag ihm daran, in der Stadt Canterbury mehr wissenschaftliches Leben zu wecken. Zu diesem Zwecke gründete er 1857 einen Leseverein, wozu er die Satzungen entwarf und den Sekretär und Kassierer in eigener Person abgab. Die Zahl der Mitglieder betrug gleich anfangs 18, der Jahresbeitrag war auf 20 Mark bemessen, wofür die bedeutendsten populärwissenschaftlichen Zeitschriften, wie das Journal des Savants, die Revue des deux Mondes u. a. gelesen werden konnten, Zeitschriften, von denen sich bisher nie ein Exemplar in die „unlitterarische Wildnis von Canterbury" verirrt hatte. Zu demselben Zwecke, ein regeres wissenschaftliches Leben wach zu rufen, hielt er ab und zu linguistische oder litterargeschichtliche Vorlesungen, z. B. im Jahre 1856 eine Anzahl über vergleichende Sprachwissenschaft und 1860 eine über den Einfluß der äsopischen Fabeln auf die indischen und die Wanderungen der letzteren über Asien und Europa bis ins Mittelalter.

Aber über seiner wissenschaftlichen Thätigkeit vergaß er den geselligen Verkehr nicht. In vielen Familien der Stadt war er ein gern gesehener Gast, z. B. beim Dombechanten Alford, dem Archidiakonus Harrison, dem Schriftsteller Mac Farlane, in der Familie des früheren Rittergutsbesitzers Schneider und des Dr. Gooch. Besonders häufig beteiligte er sich an musikalischen Abendunterhaltungen; denn Canterbury war eine sehr musikliebende Stadt. Dabei erfreute ihn namentlich die Wahrnehmung, daß sich das deutsche Volkslied in England immer mehr einbürgerte, ja mit Stolz berichtet er eines Tages, daß sich ein englischer Geistlicher lediglich deshalb entschlossen habe, deutschen Unterricht bei ihm zu nehmen, um diese Lieder kennen zu lernen. Auch den Volksfesten der Umgegend wandte er sein Augenmerk zu und hatte überhaupt für alles Neue ein offenes Auge; mit lebhaftem Interesse spricht er von dem regen Treiben zur Zeit der Hopfenernte Ende September, das er mit der Ausgelassenheit der deutschen Weinernte vergleicht, und von den Ruderwettfahrten, denen er öfter am Strande von Ramsgate zugeschaut hat. Große Neigung schenkte er auch den englischen Ballspielen, nicht minder hatte er ein empfängliches Herz für die stillen Freuden, die ein Spaziergang in dem herrlichen Klostergarten gewährte.

Selbstverständlich ist, daß er seine alten Freunde und Bekannten nicht vernachlässigte. In den Ferien reiste er regelmäßig auf einige Tage nach London, war bei Norris zum Thee und wohnte bei

---

1) Ebenso bat er Bekannte, für ihn orientalische Handschriften zu erwerben. Daher sandte ihm im Frühjahr 1854 der älteste Sohn seines Freundes Mac Farlane, der als Offizier an der Erstürmung Pegus teilgenommen hatte, ein wertvolles Manuskript, bestehend aus 208 Palmblättern, und versprach ihm weitere Sendungen.

dem Buchhändler Trübner oder bei Troppaneger in Woolwich, besuchte auch Gäbler, Schlutter, Löhlein¹) u. a. Ebenso stattete er befreundeten Familien auf dem Lande nicht selten kürzere oder längere Besuche ab, namentlich in Hastings, Folkestone, Tunbridgewells u. s. f., folgte auch wohl hier und da der Einladung hervorragender Männer auf ihren Landsitz, z. B. des Sir James Brooke, der gegen die Dajaken auf Borneo gekämpft hatte, und des Barons von Hebeler, preußischen Generalkonsuls in England. Bei diesen Ferienausflügen lernte er häufig neue, interessante Persönlichkeiten kennen, z. B. Herrn v. der Tuuk aus Amsterdam, der viele Jahre in Java und Sumatra zugebracht hatte, Dr. A. Sprenger, einen früher im Dienste der ostindischen Gesellschaft gewesenen Schweizer Gelehrten, der nach London gekommen war, um für ein Leben Muhammeds arabische Handschriften zu studieren, Dr. Roer, langjährigen Sekretär der asiatischen Gesellschaft in Calcutta, Dr. K. Scherzer aus Wien, der 1856 mit der Fregatte Novara als Ethnolog eine Reise um die Erde gemacht und Centralamerika durchforscht hatte u. a.²) Ferner hatte er oft Freunde und Fachgenossen in Canterbury zu Besuch, so einmal den Dr. Aufrecht, dann wieder Fausböll aus Kopenhagen oder Ballantyne aus Benares, den Staatsrat v. Dorn aus Petersburg, den Semitisten Gesenius u. a. Überdies führte das am 29. Juni gefeierte Stiftungsfest der Missionsanstalt jährlich Hunderte von interessanten Gästen in die Mauern der Stadt, darunter frühere Schüler, die als Missionare auf Urlaub in England weilten. Mit ihnen unterhielt er auch, wenn sie wieder in ihren Wirkungskreis zurückgekehrt waren, beständig einen lebhaften Briefwechsel, wovon die in den Publikationen der Missionsanstalt mitgeteilten Auszüge beredtes Zeugnis ablegen.³)

Aber seine Angehörigen in der Heimat konnte er sobald nicht besuchen, weil es ihm an Mitteln dazu gebrach. Erst im Jahre 1853

---

1) Kammerdiener des Prinzen Albert, gebürtig aus Coburg.
2) Scherzer erzählte dem Dr. Rost viel von der Liebenswürdigkeit Alex. v. Humboldts. Als der Wiener Gelehrte dem weltberühmten Manne einen Besuch in Berlin machte, um seine Ratschläge vor Antritt der Reise zu hören, da brachte der alte Herr sogleich eine Weltkarte, ließ sich die beabsichtigte Reiseroute angeben und machte nun drei Stunden lang auf alles aufmerksam, was besonderer Untersuchung wert sei. Den folgenden Tag aber, als Scherzer wiederkam, hatte er bereits alle Bücher, die sich auf den Gegenstand bezogen, aus seiner Bibliothek zusammengetragen und fing an, eins nach dem andern mit ihm durchzusprechen und zwar in einer Weise, daß man daraus sah, Humboldt hatte sie alle selbst gelesen.
3) Vgl. z. B. Occasional Papers from Saint Augustines College 8. June 1860 no. 48 p. 6—12: Extracted from a Letter addressed to Dr. Rost, datiert Peninjauh, Uppersarawak 13. März 1860, mit einem Bericht über Land und Leute in Sarawak.

trat er eine Reise nach Deutschland an. Wie sehr freute er sich schon
Monate lang darauf und wie oft schrieb er davon, daß es ihm nun
endlich vergönnt wäre, die Seinigen zu begrüßen! Seitdem ist er öfter
von Canterbury aus nach der Vaterstadt gekommen, 1854, 1855, 1860,
1862.¹) Am längsten konnte er im Anfange des Jahres 1863 auf
deutschem Boden weilen. Er hatte nämlich im Dezember 1862 den Typhus
in so bedenklichem Maße, daß ihn drei Wochen lang der Arzt täglich
zweimal besuchte. Als er das Bett verlassen durfte, wurde ihm bringend
geraten, einige Monate alle geistige Anstrengung zu meiden und wo=
möglich zu seiner Braut zu reisen, wo er sich körperlich und geistig am
schnellsten erholen würde; das ließ er sich denn auch nicht zweimal sagen
und blieb fast ein Vierteljahr, bis Ostern 1863, in Magdeburg. Auch
1859 kam er nach Deutschland, aber nur in die Rheingegend und zwar
als Begleiter des Dr. Gray, Bischofs der Capstadt. Dieser hatte ihn
am 2. Juli in London getroffen und gebeten, mit nach Barmen zu
reisen und den Dolmetscher zu machen, da er kein Wort Deutsch ver=
stünde. Er wollte nämlich mit der dortigen Missionsanstalt in Unter=
handlungen treten, daß sie ihre in seiner Diöcese wirkenden Missionare
unter seine Botmäßigkeit stelle d. h. von ihm besolden, ordinieren und
regieren ließe. Nach einigem Bedenken sagte Rost zu, und so fuhr er
denn mit dem Bischof, dessen Frau und Sohn, einem Gymnasiasten,
über Brüssel, Aachen und Düsseldorf nach Barmen. Die Verhand=
lungen, die am Tage nach der Ankunft stattfanden, wurden fast nur
zwischen dem Bischof und dem Kommerzienrat J. Keetmann, dem Vor=
sitzenden der Missionsgesellschaft, geführt, wobei sich herausstellte, daß
dieser sehr gut englisch sprach, und da auch von den übrigen Anwesenden
einige dieser Sprache mächtig waren, so wäre Rosts Dolmetscherdienst
vollständig unnötig gewesen, wenn ihn nicht mehrere Mitglieder gebeten
hätten, ihnen ab und zu den Gang der Unterhandlungen kurz zusammen=
zufassen. Das Ergebnis war vorherzusehen. Alles scheiterte an der
apostolischen Succession, d. h. an der Meinung der Hochkirchlichen, daß
die Bischöfe die Träger des heiligen Geistes seien und daher nur sie
Geistliche rechtskräftig ordinieren könnten, daß also die in Deutschland
ordinierten Missionare so lange nur Katechisten sein sollten, bis sie der
Bischof geweiht habe. Auf ein solches Ansinnen konnte die Barmer
Gesellschaft nicht eingehen. So reiste denn der Bischof unverrichteter
Sache wieder ab; da aber die Seinigen den Rhein noch nicht gesehen

---

1) Mehrfach, z. B. 1856 und 1857, hinderte ihn die verschiedene Lage der
Ferien an den beiden Unterrichtsanstalten daran, eine größere Reise zu unternehmen.

hatten, wollte er ihnen diesen wenigstens einmal zeigen, und so war er nun doch noch der Dienste seines Dolmetschers in den Hotels u. s. f. benötigt. Zunächst ging's mit der Bahn nach Coblenz, dann teils zu Schiff, teils auf der Eisenbahn bis Heidelberg. Hier besuchte Rost Prof. Starl, Holtzmann u. a., mit denen er Spaziergänge in die Umgebung unternahm. Am 15. Juli fuhr er dann am Schwarzwald hin nach Straßburg, wo sein erster Gang dem Kanonikus und Professor Reuß galt. Dieser schüttete ihm sein Herz über die Lage der Dinge in Frankreich aus und bedauerte sehr, daß er den Ruf nach Jena an Crusius' Stelle ausgeschlagen habe. Dann ging die Reise nach Paris, wo Rost in Gemeinschaft mit der bischöflichen Familie die Champs Elysées, das Bois de Boulogne, St. Cloud u. a. in Augenschein nahm, während er allein mehrere Gelehrte (Regnier, Mohl, de Rosny) besuchte. Am 19. Juli erfolgte die Ankunft in Folkestone auf englischem Boden, 12 Tage nach der Abreise von London.

Endlich schlug auch die Stunde, wo Rost über so viel Mittel verfügte, daß er daran denken konnte, seinem Junggesellentum ein Ende zu machen. Am 9. Mai 1863, als er die Nachricht von der Verlobung seines Bruders Julius erhielt, hatte er diesem in scherzhafter Weise geschrieben, ob er seinem Beispiele bald folgen werde, bezweifle er sehr. So lange er „vagabundierender Schulmeister" sei, bekomme er keine Frau nach seinem Sinne und doch könne er die deutsche Schulmeisterei nicht aufgeben, weil sie sein Haupterwerbszweig sei. Auch wäre es in England eine kostspielige Sache, einen eignen Haushalt zu führen, ja um nur einigermaßen anständig leben zu können, müsse er eine Einnahme von 6—8000 Mark haben. Für Engländerinnen hatte er im ganzen wenig Neigung, weil sie zu anspruchsvoll waren; daher lehnte er auch 1854 eine Einladung zu einer Hochzeit ab, da er vermutete, daß es darauf abgesehen sei, ihn an die Frau zu bringen. Dagegen besann er sich 1862 darauf, daß er bei seiner Anwesenheit in Deutschland acht Jahre vorher im Hause des Pfarrers Senff zu Ostrau bei Halle ein junges Mädchen, Minna Laue mit Namen, kennen gelernt, die ihm damals außerordentlich gefallen hatte. Sie war die Tochter des Gerichtsrats J. F. Laue und geboren am 4. April 1836 zu Salza in der Provinz Sachsen. Die Mutter war nach dem Tode ihres Gemahls nach Magdeburg übergesiedelt, wo Rost am 8. August 1862 persönlich erschien, um sie um die Hand ihrer Tochter zu bitten. Noch selbigen Tags wurde die Verlobung gefeiert, am 5. Februar 1863 aber machte er in Magdeburg und bald auch in der Heimat mit der Braut Besuche, und am 14. Juli 1863 fand die Hochzeit in Kösseln bei Ostrau statt. Der dortige Pfarrer Schmidt, ein Verwandter, hielt die Traurede. Bereits am 24. Juli waren die jungen Eheleute auf englischem Boden, und bald darauf richteten sie sich in ihrer neuen Wohnung, St. Pauls Street, in Canterbury häuslich ein. Doch ihres Bleibens in dieser Stadt war nicht lange mehr; noch in demselben Jahre sollten sie nach London übersiedeln. Indes war der Wirkungskreis in Canterbury Rost so lieb geworden, daß er ihn bis an sein Lebensende beibehielt und allwöchentlich einmal, nämlich Freitag nachmittag, dahin fuhr, um den gewohnten Unterricht zu erteilen; ja es ist eine merkwürdige Fügung des Schicksals, daß er gerade in dieser Stadt, wo er seine große Beamtenlaufbahn begonnen, sein Leben enden sollte.

IV. London (1863—1896).

Eine Stelle, wie er sie sich längst gewünscht hatte, bot sich ihm durch die Ernennung zum Schriftführer (korrespondierenden Sekretär) der seit 1823 bestehenden Königlichen asiatischen Gesellschaft in London (Royal Asiatic Society of Great Britain and Ireland). Diesen Posten hatte schon vor ihm ein Deutscher, Dr. Rosen, eingenommen, und nach Rosts Rücktritt 1869 erhielt ihn wieder ein Deutscher, Dr. Eggeling. Seine letzten Vorgänger im Amte waren zwei Engländer, sein Freund Prof. Edw. Norris und Mr. Redhouse, der infolge seines Alters das Amt jetzt niederlegte. Der Vorstand[1]) der Gesellschaft bestand aus einem Präsidenten, zwei Vicepräsidenten, einem Schatzmeister, einem Sekretär und fünfzehn Mitgliedern des Concils. Die Gesellschaft zählte z. B. 1867 132 resident members, 61 non resident members, 6 original members, von denen die ersten drei, die zweiten eine, die dritten zwei Guineen (zu 21 Mark) Jahresbeitrag zu entrichten hatten. Die Mitglieder waren meist alte Herren, die ihr halbes Leben in Indien zugebracht hatten und noch Interesse für die indische Litteratur zeigten. Die Versammlungen der Gesellschaft fanden zweimal im Monate Sonnabend nachmittag 2 Uhr statt, eine halbe Stunde zuvor hielt das Concil seine Geheimsitzungen ab. Das Organ für die wissenschaftlichen Beiträge aus dem Gebiete der orientalischen Sprachen war das Journal of the Royal

---

1) Im Jahre 1867 bestand der Vorstand aus folgenden Herren: Präsident Lord Strangford; Vicepräsidenten: Sir T. E. Colebrooke und Holt Mackenzie; Schatzmeister E. Thomas; Sekretär R. Rost; Concilsmitglieder: N. B. E. Baillie, Major Evans Bell, J. W. Bosanquet, General J. Briggs, Th. Chenery, General A. Cunningham, J. Didinson, M. E. Grant Duff, James Fergusson, Prof. Th. Goldstücker, Sir Fred Halliday, J. C. Marshman, A. Russell, P. B. Smollett, Generalmajor Sir A. S. Waugh. Als Ehrensekretär und Bibliothekar erscheint E. Norris.

Asiatic Society, von dem seit 1864 eine neue Serie erschien¹); außerdem wurden regelmäßig Jahresberichte veröffentlicht, während Rosts Thätigkeit 1863—69 der 41.—46. Der bisherige Sekretär hatte nur 1800 Mark Gehalt bezogen und neben ihm war ein Schreiber mit 1000 Mark angestellt gewesen. Doch wurde letztere Stelle jetzt eingezogen, und so hatte Rost die Schreibergeschäfte mit zu besorgen, Rechnungen zu führen, Gelder einzukassieren²), Einladungen zu erlassen³) u. a. Seine Hauptbeschäftigung aber war die Redaktion der Zeitschrift und der ausgebreitete Briefwechsel. Sein Gehalt betrug 4000 Mark, außerdem hatte er freie Dienstwohnung in den Räumen der Gesellschaft, New Burlingtonstreet Nr. 5. W., ferner Licht, Heizung und Steuern frei. Dieses neue Amt verschaffte ihm die Möglichkeit, mit vielen Gelehrten in nähere Beziehung zu treten und neue Bekanntschaften anzuknüpfen. Und wie anziehend war es nicht für ihn, früher als alle andern Mitglieder Einblick in die mannigfaltigen Aufsätze⁴) zu thun, die von der Gesellschaft publiciert werden sollten! Wie schön und ehrenvoll, den gestorbenen Forschern im Jahresbericht ein Denkmal pietätvoller Anerkennung zu setzen!

Doch sollte er noch eine höhere Staffel des Ruhms ersteigen durch seine am 24. Juni 1869 erfolgte Ernennung zum **Oberbibliothekar des indischen Amts (India Office) in London.** Die riesige Bibliothek, die größte orientalische der Welt, die damals schon über 80000 Bände, darunter etwa 12000 orientalische Handschriften, enthielt, hatte früher der ostindischen Kompagnie gehört und war seit dem indischen Aufstande und der Besitznahme Indiens durch die Regierung in deren Hände übergegangen. Das Amt eines Oberbibliothekars war nach einander von Charles Wilkins, H. H. Wilson, Dr. Ballantyne und F. E. Hall versehen worden, und da der letztere jetzt nach etwa fünfjähriger Verwaltung zurücktrat, so wurde Rost von verschiedenen einflußreichen und

---

1) Davon waren in den Jahren 1823—63 XX Bände erschienen, außerdem mehrere Bände Transactions, London 1827—35.

2) z. B. hatte er einmal im Januar bei 26 verschiedenen Bankgeschäften Geldbeträge in der Höhe von 3000 Mark für die Gesellschaft zu erheben.

3) Zu den ab und zu abgehaltenen Abendversammlungen wurden meist etwa 400 Personen eingeladen, von denen freilich oft nur 40 erschienen.

4) Im Jahresbericht für 1867 werden folgende Artikel angekündigt: H. F. Talbot, The first Instalment of an Assyrian Glossary; A. Bastian, on the Indo-Chinese Alphabets; H. E. J. Stanley, on the Poems of Mohammed Babadan, a Spanish Morisco; H. E. Palmer, a Catalogue of the Persian, Arabic and Urdu Manuscripts in the Library of Kings College, Cambridge; J. Fergusson, on the Amrâvati Tope, a great Buddhist Monument; E. Thomas, Sassanian Inscriptions u. a.

bedeutenden Männern wie H. Rawlinson aufgefordert, sich um die Stelle zu bewerben. Dazu vermochte er vorzügliche Zeugnisse einzureichen, die ihm Gelehrte wie Schiefner, Weber, Norris, Wright, Rieu, Aufrecht und der Warden des Augustines College in Canterbury ausgestellt hatten. So wurde er denn unter einer großen Bewerberzahl für die Stelle gewählt und schlug nicht nur drei indische Professoren, sondern auch den größten Sanskritisten Englands, Th. Goldstücker, die hauptsächlich deshalb unterlagen, weil man keinen ausschließlichen Indologen, sondern einen allgemeinen Orientalisten für den Posten haben wollte.[1]) Viel nützte ihm auch das Wohlwollen des Herzogs von Argyll, der jetzt als Staatssekretär für Indien an der Spitze der von der Regierung eingesetzten Bibliothekskommission stand. Zu dieser gehörten außerdem zwei Unterstaatssekretäre, der politische, Grant Duff, und der permanente, H. Merivale, ferner die Herren Henry Rawlinson, Sir Bartle Frere und Sir Erskine Perry nebst zwölf Räten. Die Bedingung der Anstellung war, daß er sein Amt als Sekretär der asiatischen Gesellschaft und die Sanskritprofessur am Londoner Kings College aufgab, zu der er erst vier Wochen zuvor die Berufung erhalten hatte. Das Gehalt seiner Vorgänger hatte 10000 Mark betragen; er wird im Anfange nicht mehr erhalten haben; eine Dienstwohnung hatte er nicht. Aber ein großer Vorteil für ihn war es, daß er von allem, was das indische Amt herausgab oder unterstützte, ein Freiexemplar erhielt. Die Stelle war nichts weniger als eine Sinekure; dazu hatte ihm sein etwas nachlässiger Vorgänger sehr viel Arbeit ungethan hinterlassen, die schon längst hätte erledigt sein müssen. Der schlimmste Tag der Woche war der Freitag, wo die indische Post abging, für die sehr viel fertig zu stellen war. Doch die laufenden Geschäfte waren für Rost Nebensache; denn diese besorgte zum großen Teil sein Unterbibliothekar. Dagegen war er stark in Anspruch genommen durch Gutachten und Berichte über alle möglichen oft recht heiklen Fragen, die nicht bloß litterarischer Natur waren. Wenn es sich z. B. um die Unterstützung wissenschaftlicher Werke, den Ankauf von Münzen oder die Lithographierung von Inschriften handelte, so wurden alle betreffenden Korrespondenzen,

---

[1]) In einer der gelesensten indischen Zeitungen, dem in Calcutta erscheinenden Englishman, heißt es über seine Ernennung zum Oberbibliothekar: in Dr. Rost the new librarian of the India Office, orientalists have at length obtained one of those rare scholars, who combine a broad range of subjects and interests with depth and absolute trustworthiness, and whose appointment is in itself a guarantee that nothing which deserves consideration will be neglected and that the old one-sided system has come to an end. Ähnlich äußerten sich viele englische Zeitungen in jenen Tagen.

Bücher u. s. w. an ihn zur Begutachtung überwiesen. Öfter mußte er auch persönlich bei den Sitzungen des Finanzkollegiums Auskunft geben und, wenn er es für nötig erachtete, den Herren Staatssekretären und Geheimräten auf ihrem Privatzimmer Besuche machen, um besondere Anträge zu unterstützen. Dabei handelte es sich oft um große Summen, so 1869 um 9000 Mark für eine Sammlung indisch-griechischer Münzen, 24000 Mark für Lithographierung einer alten Sanskrithandschrift, 36000 Mark für Bearbeitung von Grammatik und Wörterbuch der Panjabisprache, 84000 Mark für Katalogisierung der orientalischen Handschriften des indischen Amts. Auch andere Anforderungen wurden an ihn gestellt. So gehörte es zu seinen Obliegenheiten, die für Indien bestimmten Banknoten zu verificieren, die für jede Provinz in der Höhe von 5—10000 Rupien hergestellt wurden und die Aufschriften in der englischen Sprache und den vier Hauptsprachen der Provinz enthielten. Dabei hatte er nicht nur zuzusehen, daß alles richtig war, sondern auch die Übersetzung selbst zu machen. Erst wenn die Proben mit einem Imprimatur von ihm versehen waren, wurden die Papiere fertig gestellt und versandt. Unter andern hatte er im August 1882 neue Noten für das portugiesische Indien (Goa) durchzusehen und anfangs September solche für Birma, die außer der englischen noch birmanische, chinesische, tamulische und hindostanische Aufschriften trugen. Auch wenn Mitglieder der königlichen Familie Reisen nach dem Morgenlande antreten wollten, wurde er als Ratgeber zugezogen, z. B. hatte er im Jahre 1875 die Bücher auszuwählen, die ein englischer Prinz vor einer indischen Reise lesen sollte, um sich über Land und Leute zu unterrichten, sowie auch die Bibliothek für ihn und seine Begleiter zusammenzustellen. Als ferner im Jahre 1876 die Frage lebhaft erörtert wurde, ob die Königin von England den Kaisertitel von Indien annehmen sollte, hatte er in höherem Auftrage frühere Proklamationen, alte Verträge u. s. f. eingehend zu studieren, um festzustellen, ob sich darin etwa Ausdrücke der indischen Sprachen finden ließen, die dem Begriffe Kaiser entsprächen; ebenso hatte er 1886 von der Bibliothek des Königs der Birmanen, die von den Engländern in Besitz genommen worden war, ein Verzeichnis zu machen. Ab und zu, z. B. 1877, wurde er auch von den Regierungen in Birma, Ceylon u. a. gebeten, ihnen junge Orientalisten zu beschaffen, oder von den in London beglaubigten Gesandtschaften europäischer Großmächte angegangen, ihnen bedeutsame Schriftstücke ins Englische zu übersetzen.

Zu seinen täglichen Berufsgeschäften gehörte auch die Empfangnahme von Besuchen, und deren gab es oft sehr viele, darunter von deutschen Fürsten, indischen Prinzen u. s. f. Wie stark er hierdurch mitunter in Anspruch genommen wurde, lehren seine Angaben über einen Tag im Juni 1884: Als er das indische Amt betrat, wartete auf ihn bereits ein indischer Beamter; nach dessen Abfertigung trat der Präsident des obersten Gerichtshofes in Rangoon ein, mit dem er seit Jahren in Briefwechsel gestanden hatte; nach dreiviertel Stunden wurde ein alter, blinder schottischer Edelmann hereingeführt, der den größten Teil seines Lebens in Südindien zugebracht hatte; dann kam der Professor Monier Williams aus Oxford, mit dem viel zu verhandeln war, darauf ein Buchhändler, der den Oberbibliothekar geschäftlich zu sprechen hatte, dann ein französischer Professor des Chinesischen, nach diesem ein Beamter aus Bombay und endlich noch ein Kollege, mit dem amtliche Dinge zu erledigen waren[1]), sodaß Rost erst nach mehr als drei Stunden ununterbrochener Unterhaltung daran gehen konnte, seine Korrespondenzen nach Indien und China (es war gerade Freitag) fertig zu stellen. Doch damit war die Hetzjagd noch nicht zu Ende. Um 4 Uhr ging er dann eilends nach dem Bahnhofe, um zum Unterricht in der Missionsanstalt nach Canterbury zu fahren, kam $^{1}/_{2}$7 Uhr auf seinem Zimmer an, trank seinen Thee, docierte von 7—$^{1}/_{2}$10, las dann die Kölnische Zeitung und begab sich $^{1}/_{2}$11 Uhr zu Bett. So ging es natürlich nicht alle Tage; denn das hätte er nicht lange aushalten können. Seine Amtsstunden waren von 10—4$^{1}/_{2}$ bez. 4 Uhr; während dieser Zeit aß er um 1 Uhr in seiner Amtsstube ein sehr einfaches zweites Frühstück. Der Weg von und nach der Wohnung wurde je nach der Lage derselben größtenteils mit der Bahn oder dem Omnibus zurückgelegt.

Was er im Laufe des etwa 24 jährigen Zeitraums, in dem er an der Spitze der Bibliothek gestanden, für diese gethan hat, ist erstaunlich und von allen Seiten rühmend anerkannt worden. Die bedeutende und planmäßige Vermehrung des Bücherbestandes[2]), die bessere Ordnung der Werke, die Leichtigkeit der Verleihung, selbst ins Ausland, haben der Wissenschaft nicht minder große Dienste gethan als die thatkräftige Unterstützung und Förderung, die er allen rat=

---

[1]) Fesselnd ist es, die bei ihm abgegebenen Visitenkarten einmal durchzusehen. Aus der reichen Sammlung derselben, die mir vorgelegen hat, greife ich hier heraus: Lord Churchill, Earl of Camperdown, Earl of Clarendon, Viceadmiral Earl Cadogan, Earl of Cawdor, Earl of Carnarvon, Viscount Canterbury, Marquis of Cholmondeley, Legationssekretär Graf Chotek, Graf Sierakowski, Prinz di Carini, Marchese Luigi Calabrini, Prinz Krom Mun Nareß, siamesischer Gesandter u. a.

[2]) Z. B. 1871 hat er durch Austausch und Ankauf eine sehr bedeutende Anzahl Werke von der Universität Leiden, der Berliner und der Petersburger Akademie und dem Vicekönig von Ägypten für seine Bibliothek erworben; ebenso 1872 eine große Sammlung von Handschriften aus Südindien.

suchenden Gelehrten zu teil werden ließ, die nie ermüdende Bereit=
willigkeit, ihnen das Gewünschte zu beschaffen und mit dem reichen
Schatze seines Wissens nach Wunsch zu Diensten zu stehen. Cecil Bendall
sagt daher mit Recht im Athenäum (Febr. 1896): Hardly an important
edition of an Indian classic depending on varied manuscript material
has been published in Europe in the last two decades without some
affectionate tribute to his good offices, whether as a librarian at
home or as intermediary between continental Europe and British
India in his capacity of an official in the public service of a country
which though an oriental power, still falls short of a high ideal
of duty in regard to the languages, literatures and history of its
Eastern Empire; und in ähnlichem Sinne haben sich nach Rosts Tode
viele Zeitschriften und Tageszeitungen in England und auf dem Fest=
lande geäußert.

Ein wesentliches Verdienst um die Bibliothek erwarb er sich durch
die Katalogisierung der indischen Handschriften. Da er sie im
Interesse der Wissenschaft für unumgänglich notwendig hielt, arbeitete
er gleich im ersten Jahre seiner Thätigkeit als Oberbibliothekar (1869)
den Plan dazu aus und reichte ihn im Oktober ein. Zwei bis drei
Gelehrte hatten nach seinem Anschlage sieben Jahre damit zu thun,
84000 Mark wurden, wie bereits erwähnt, dafür in den Etat eingestellt.
Die Bearbeitung begann im Jahre 1870; den Hauptteil hatten Dr. E. Haas
vom britischen Museum und Dr. J. Eggeling, damals Sekretär der
asiatischen Gesellschaft, übernommen; die philosophischen Abschnitte der
Sammlung bearbeitete Dr. E. Windisch, der von Prof. Herm. Brockhaus
in Leipzig empfohlen worden war. Rost gewährte den drei Gelehrten
alle mögliche Hilfe und Erleichterung und unterstützte sie auf jede Weise
mit Rat und That. Von diesem bereits in den siebziger Jahren fertig
gestellten Kataloge sind dann in den Jahren 1887—96 fünf Teile ge=
druckt worden, wobei die von Windisch bearbeitete Partie in dem 1894
erschienenen vierten Teile enthalten ist.[1]) Ebenso hat er veranlaßt, daß
die Druckschriften der Bibliothek des Indischen Amtes katalogisiert

---

1) Dr. Eggeling äußert sich im Vorwort zum Catalogue of the Sanscrit
Manuscripts in the Library of the India Office Teil I darüber: Soon after
Dr. Rosts appointment to the post of librarian to the India Office, in 1869,
he obtained the sanction of the India Council for the preparation of a
classified catalogue of the Sanscrit manuscripts in the possession of the
Indian Government. The chief part of the work was entrusted to the
late Dr. E. Haas, of the British Museum, and myself, then Secretary to the
Royal Asiatic Society; while, moreover, the services of Dr. E. Windisch,
now professor of oriental languages at Leipzig, were secured for a period
of one year, for describing the philosophical works of the collection.

wurden; nur ging diese Arbeit wohl wegen der Kostspieligkeit und des
erforderlichen riesigen Zeitaufwandes langsam von statten, sodaß zwar
1888 Vol. I (Catalogue of the Library of the India Office, London 1888)
mit Index erscheinen konnte, aber die Fortsetzung noch ausstand. Erst
nach seinem Rücktritte vom Posten eines Oberbibliothekars, der im September 1893 erfolgte, machte sich Rost selbst an die Aufgabe, den
Katalog zu Ende zu führen. Mit Freuden berichtet die Times vom
27. August 1894 diesen Entschluß Rosts mit folgenden Worten: Sanscrit students will be glad to learn that another work, of scarcely
less utility in their own field of research, has lately been undertaken. The collection of printed Sanscrit books in the India Office
library is probably the largest in the world. It is rich in early
Indian editions, especially in works issued by the local and often
short-lived printing presses of Southern India, and it excels in these
respects the British Museum collection. Hitherto it has been little
available to European Sanscritists, as no catalogue exists, beyond
the somewhat meager lists published in 1851.[1]) Since them there
has been a vast accession of books, but the multifarious duties of
the librarian, who, as in the Foreign Office, is a sort of general referee, renders it impossible for him to undertake a catalogue of so
special a branch of his accumulations. The late librarian, Dr. Rost,
whose retirement we had lately to regret, is employing his leisure
in making a complete catalogue of the Sanscrit books and pamphlets
— a task for which he is specially qualified by his rare knowledge
of the numerous alphabets in which Sanscrit is now printed. The
catalogue will be of a thoroughly practical character and in the
Roman type throughout. Scholars in many lands already owe a
debt of gratitude to Dr. Rost in connexion with the cataloguing of
the Sanscrit Manuscripts in the India Office, and his present work
will form no unworthy continuation to his long life of devoted and
modest labour. Leider sollte diese Arbeit nicht fertig werden; denn
noch vor der Beendigung riß ihn ein jäher Tod mitten aus seiner

---

1) Dies ist nach den obigen Angaben nicht richtig, steht auch in Widerspruch
mit einer andern Äußerung derselben Zeitung vom Oktober 1893: Under his direction the printed books were re-arranged on an effective system according
to subjects and arrangements were made for having all the manuscripts,
upwards of ten thousand in number, catalogued upon the best principles.
The two volumes (sic!) of the Catalogue of Printed Books and Tracts elaborated under his own eye have during the past five years formed the vademecum of serious students in America, Europe and Asia. They have
materially contributed to the advance made in accurate Indian work since
their last issue in 1888.

Thätigkeit. Doch erschien 1895 noch ein Supplement zu dem Katalog von 1888.

Neben der Wirksamkeits Rosts als Bibliothekar ging die Ausübung des Berufs als Lehrer her, zunächst bloß an der Missionsanstalt in Canterbury, bald aber auch in London. Gerade auf diese Seite seines Schaffens legte er großen Wert. Daher sagt Dr. Bezold von ihm mit Recht: And it was never without the greatest satisfaction that he expressed himself on his good fortune in having been actively engaged in eductional work. Seit Michaelis 1864 unterrichtete er 25 Studenten im Sanskrit an einer Privatanstalt (dem Civil Service College), in welcher junge Leute für den indischen Civildienst herangebildet wurden, und zwar hatte er hier acht Monate im Jahre wöchentlich vier Stunden zu erteilen. Nachdem er den Lehrstuhl des muhammedanischen Rechts am Kings College ausgeschlagen hatte, nahm er im Herbst 1864 die Professur des Arabischen und Persischen an; doch mußte er schon bald darauf beide wegen Überbürdung wieder aufgeben. Verschiedentlich war er als Examinator bestellt, z. B. hatte er im Juni 1877 in der See=kadettenschule zu Greenwich im Deutschen zu prüfen, 1883 an der Universität Cambridge in den orientalischen Sprachen (Sanskrit, Persisch, Hindostanisch, Geschichte der indischen Sprache, Litteratur und Philosophie), seit 1885 auch öfter in Oxford, endlich war er von 1870—75 Examinator der deutschen Sprache an der Londoner Universität. Überall zeigte er sich mild, ohne von den Anforderungen irgend etwas nach=zulassen[1]), suaviter in modo, fortiter in re. In meinen Händen be=finden sich verschiedene Vorlagen, die er für die schriftlichen Prüfungen der Jahre 1870 und 1872 an der Londoner Universität hat drucken lassen. Die eine ist bestimmt für das Baccalaureatsexamen First B. A. (= Bachelor of Arts) Examination of Honours, die zweite für die Matriculation Examination und die dritte für die Prüfung von jungen Mädchen (Examination of Women for Certificates of Higher Proficiency).[2]) In allen drei Fällen sind je zwei Vorlagen vorhanden,

---

1) Als Sanskritexaminator für den indischen Civildienst stellte er, wie die dabei veröffentlichten Papiere beweisen, ziemlich scharfe Ansprüche. Vgl. National=zeitung vom 12. Februar 1896.

2) Das Amt eines Examinators an der Londoner Universität wurde durch die Wahl des Senats immer auf fünf Jahre verliehen, und zwar wurden für jeden Gegenstand zwei prüfende Lehrer ernannt; mit Rost zusammen war es Prof. Althaus. Auch Kinkel, Schaible, Wallbaum, Schöll u. a. haben dieses Amt fünf Jahre lang verwaltet. — Die Studenten legten nach drei= bis vierjährigem Studium die Schlußprüfung ab, durch die sie die Würde eines Baccalaureus er=langten. — Ihre Aufnahme in die Kollegs erfolgte nach Bestehen einer Auf=nahmeprüfung (Matriculation Examination); nur wenn die Betreffenden aus

eine zur Übersetzung aus dem Deutschen in Englische und eine zur Übertragung aus dem Englischen ins Deutsche. Die Texte sind mit Geschick ausgewählt, an sich fesselnd und in sich abgeschlossen, z. B. ein Abschnitt aus M. Dunckers Geschichte des Altertums über die Bodenbeschaffenheit Griechenlands und ihre Beziehung zur Kultur des Landes, einer über die Lage der Stadt Kanton aus K. F. Neumanns ostasiatischer Geschichte, einer über Miltons Aufenthalt in Neapel aus R. Paulis Aufsätzen zur englischen Geschichte, einer über die Beziehungen Leibnizens zu Sophie Charlotte aus F. Arndts Buch Leibniz und die Frauen und einer aus H. M. Lewes' Leben und Werken Goethes. Auch Gedichte wurden zur Übersetzung vorgelegt, z. B. Sprüche aus Rückerts Weisheit des Brahmanen oder aus Byrons Manfred und W. E. Aytons schottischen Balladen. Außerdem wurde verlangt die Kenntnis der deutschen Litteratur und Grammatik und die Fähigkeit der Konversation in deutscher Sprache. Einige Beispiele sollen auch davon mitgeteilt werden. So werden den jungen Mädchen folgende grammatische Fragen gestellt: 1. Nenne einige Adjektiva, die nur prädikativ gebraucht werden. 2. Welche Casus regieren folgende Adjektiva: müde, angenehm, lebig, teilhaftig, überdrüssig, gewiß, angemessen, verlustig, überlegen, bewußt? 3. Erkläre durch Beispiele die übertragene Bedeutung der Adjektivsuffixe -bar, -sam, -icht, -haft und die der Präpositionen nach, bei, zu, über, vor. 4. Regeln der deutschen Wortstellung im Haupt- und Nebensatze. 5. Verschiedene Arten von Sätzen, in denen das Verbum den ersten Platz einnimmt. 6. Wie sagt man gewöhnlich für: „er hat achten gelernt"? Ähnliche Beispiele! 7. Nach welcher Regel ist „Charlottens" dekliniert? 8. Unterschied zwischen höfisch und höflich und andere Adjektiva mit diesen beiden Endungen und verschiedenem Sinne.[1]) Die Fragen aus dem Gebiete der Litteraturgeschichte lauteten folgendermaßen: Durch welche poetischen Erzeugnisse ist Ernst Schulze verknüpft mit den Dichtern der romantischen

---

einem Gymnasium hervorgegangen waren, das von derselben Universität alljährlich inspiciert wurde, fiel dieses Examen weg.

1) Bei der Baccalaureatsprüfung am 12. August 1870 waren auch Redensarten ins Englische zu übertragen z. B.: Ist Ihnen ein Unglück begegnet? Wie wollen Sie diesem Einwurf begegnen? Wir begegneten einander auf der Straße. Man begegnete ihr mit großer Strenge. Wir dürfen uns das nicht einfallen lassen. Die Preußen fielen in Böhmen ein. Das Haus ist ihm über dem Kopfe eingefallen. Die Augen waren ihr ganz eingefallen. Während er noch sprach, fiel die Musik ein. Er versetzte ihm einen Schlag auf den Kopf. Er hat seine Uhr versetzen müssen. Versetzen Sie sich an meine Stelle. Man hatte ihm die Fenster mit Blumentöpfen versetzt. Ich werde in die Notwendigkeit versetzt, Sie zu verklagen. Ihr Sohn ist nach Prima versetzt worden. Die dicke Luft versetzte ihm den Atem.

Schule? Inhaltsangabe und Bezeichnung der Schönheiten und Fehler der Schriften. 2. Angabe der Gründe für die beständige Volkstümlichkeit der Uhlandschen Gedichte. 3. Lebensabriß von Friedrich Rückert. Eigentümlichkeiten von ihm, besonders als Übersetzer. Seine hervorragendsten Werke. Übereinstimmungen mit Goethe. In welcher Hinsicht unterscheidet er sich von allen Dichtern jener Periode? 4. Was wissen Sie von Anastasius Grün? Übersicht über den Romanzencyklus „Der letzte Ritter" und einige andre seiner Schriften. Fehler und Vorzüge. 5. Wer war Nikolaus Lenau? Mit welchem andern deutschen Dichter war er hauptsächlich verbunden? Nenne einige seiner größern Gedichte und die Gründe, die ihnen ihren besondern Charakter aufprägen. Endlich werden auch deutsche Aufsätze oder Essays verlangt z. B. von den jungen Mädchen ein Essay über einen der folgenden Gegenstände: 1. Die Geographie als Hilfswissenschaft der Geschichte. 2. Englands Erfolge in der Gründung von Kolonieen. 3. Welcher wissenschaftliche Gewinn ist aus dem Studium der Volkslieder zu ziehen? Ohne Zweifel sind die Fragen und Aufgaben sehr mannigfaltig und mit großer Geschicklichkeit gestellt; wenn nun auch die litteraturgeschichtlichen Themen sich vielleicht an ein Kolleg über die neueste deutsche Litteratur anschließen, so sind sie doch offenbar so eingerichtet, daß sie nicht bloß ein mechanisches Herbeten des Gehörten und Gelernten verlangen, sondern selbständiges Denken und Urteilen der Prüflinge.[1])

Für die Wissenschaft besonders nutzbringend war Rosts Verbindung mit der Firma N. Trübner in London. Auf seinen Einfluß wird es wohl zurückzuführen sein, daß diese unternehmende Buchhandlung im Jahre 1865 eine Zeitschrift herausgab, die hauptsächlich den Zweck hatte, einen Überblick über die neuen Erscheinungen im Bereiche der orientalischen Sprachen zu geben, unter dem Titel The American and Oriental Literary Record. Wie weit Rost selbst dabei beteiligt gewesen, vermag ich nicht zu sagen; aber anzunehmen ist, daß er ab und zu einen Beitrag dafür geliefert hat. Als dann 24 Jahre später die 4. Serie der Zeitschrift herausgegeben werden sollte, übernahm Rost selbst auf Trübners Bitten die Leitung des jährlich sechsmal, also alle zwei Monate, erscheinenden Journals, das nunmehr den Titel führte: Trübners Record, a Journal devoted to the Literature of the East with Notes and

---

1) Welches Vertrauen er als Lehrer der orientalischen Sprachen genoß, ergiebt sich daraus, daß im Frühjahr 1888 die Prinzessin von Wales und die Herzogin Paul von Mecklenburg die Absicht hatten, sich von ihm im Hindostani unterrichten zu lassen, ein Gedanke, der nur deshalb nicht ausgeführt wurde, weil die beiden hohen Damen durch gesellschaftliche Verpflichtungen zu stark in Anspruch genommen wurden.

Lists of current American, European and Colonial Publications, und gab die drei letzten Bände heraus. Die erste Nummer der neuen Serie erschien Anfang März 1889 als no. 243. Darin stammen aus Rosts Feder, aber sämtlich ohne Namensunterschrift, folgende Abschnitte: 1. Note by the Editor zu dem Artikel The Remains of Pagan, S. 3—4. 2. Der Aufsatz über The Bernard Free Library Raugoon, S. 4—5. 3. Besprechungen folgender Schriften: a. Buddhism, by Sir Monier Williams, S. 12 ff., b. The Paddhati of Sārṅgadhara, a Sanscrit Anthology edited by P. Peterson I. Bombay 1888, S. 15., c. Sanscrit Grammar by W. D. Whitney. Second Edition. Leipzig 1889, S. 15; d. A Catalogue of the Collections deposited in the Deccan College by Shridhar R. Bhandharkar, Bombay 1888, S. 15; e. F. Kittels Canarese Dictionary S. 15 f.; f. Arabic Dictionaries by Arabs S. 16; g. Hindi Grammar in Hindi and English by Ârya, Benares 1888, S. 16 f.; 4. Nekrologe für Pierre Gustave Garrez, † im Dezember 1888 zu Paris und für den Orientalisten Generalmajor W. Nassau=Lees, † im März 1889 zu London. So hat er ein gut Teil der Abhandlungen dieser Nummer selbst geschrieben und zwar mit der Meisterschaft eines Mannes, der mit dem Stoffe vollständig vertraut ist und ihn bis ins Kleinste beherrscht; und ähnlich steht es auch mit den folgenden Nummern der Zeitschrift, sodaß Trübner gewiß nicht Unrecht hat, wenn er in der Ankündigung der 4. Serie sagt: With a view to securing, as far as practicable, the indispensable superintendence, by a competent and experienced editor, of the oriental section of the expanded issue, they have made arrangements with Dr. Rost of the India Office, to undertake the editorial management and they are confident, that in entrusting this departement to his care they can rely upon its being directed with impartiality and independence of judgement. Und mit gleichem Rechte konnte das Athenäum nach Rosts Tode sagen: Trübners Record was lifted by him far above the level of an ordinary trade circular.[1])

Ein anderes Unternehmen, zu dem Rost die Firma Trübner veranlaßte, war die Herausgabe vereinfachter, kurzer und populär gehaltener Grammatiken asiatischer und europäischer Sprachen (Collection of simplified Grammars of the principal Asiatic and European Languages), ja er leitete sogar das ganze Unternehmen selbst, warb die

---

1) Diese Zeitschrift hat bis April 1891 bestanden. Die letzte Nummer erschien am 3. April 1891 als no. 251, Third Series Vol. II. Part. 3. Ihre Ausgabe erfüllt seitdem die in anderem Format, bei anderem Verleger u. s. f. erscheinende Zeitschrift Luzac's Oriental List. Über diese und Rosts Stellung zu ihr siehe unten.

Bearbeiter, unterstützte sie nach Möglichkeit, namentlich im Bereiche der Sprachen, die ihm lieb waren, z. B. des Pali, revidierte vielleicht auch die Korrektur u. a., so daß Trübner berechtigt war, auf den Titel zu setzen: edited by Dr. R. Rost, Librarian of the India Office. Die Bücher waren handlich, 100—200 Seiten stark und für englische Verhältnisse nicht teuer. Von Sprachen waren unter andern vertreten: Telugu, bearbeitet von H. Morris, Pali von E. Müller, Gujarati und Panjabi von Rev. W. M. St. Clair Tisdall in Amritsar, Chinesisch von Jos. Edkins, Spanisch von W. F. Harvey, Bulgarisch von W. L. Morfill u. a. Daneben umfaßte die Sammlung auch Ungarisch, Baskisch, Neugriechisch, Rumänisch, Dänisch, Schwedisch, Polnisch.

Ebenso war er Trübner behilflich, als dieser beabsichtigte, bedeutende Werke verstorbener Orientalisten neu herauszugeben. Das gilt zunächst von Brian Houghton Hodgsons Miscellaneous Essays relating to Indian Subjects, 1880, 2 Bänden von 408 und 348 Seiten. Diese Schrift gab er um so lieber heraus, als er mit dem Verfasser lange befreundet gewesen war, ja ihn seit Januar 1862 wiederholt auf seinem Landgute in Gloucestershire besucht hatte. Hodgson war eine bedeutende Persönlichkeit; er hatte im bengalischen Civildienste gestanden und dann viele Jahre als Resident, d. h. Gesandter der ostindischen Kompagnie zu Katmandu in Nepal zugebracht; dabei hatte er nicht nur zahlreiche vortreffliche Handschriften erworben, die er nach Calcutta, London und Paris schickte, sondern auch eingehende Forschungen über die Volksstämme von Indien angestellt, die von hohem Werte sind. Daher war er denn verschiedentlich mit Orden ausgezeichnet, auch zum Ritter der Ehrenlegion ernannt worden. Der erste Band von Hodgsons Werk enthält zwei, der zweite zwölf Abhandlungen.[1]) Sie beschäftigen sich mit den meisten Völkerschaften Vorderindiens vom Himalaya bis

---

1) Ihr Inhalt ist folgender: I, 1: On the Kocch, Bòdò and Dhimál Tribes. 2. On Himalayan Ethnography. II, 1: On the Aborigines of North-Eastern India. 2. Aborigines of the North-Eastern Frontier. 3. Aborigines of the Eastern Frontier. 4. The Indo-Chinese Borderers and their Connexion with the Himalayans and Tibetans. 5. The Mongolian Affinities of the Caucasians. 6. Physical Type of Tibetans. 7. The Aborigines of Central India, of the Eastern Ghats, of the Nilgiris, of Southern India and Ceylon. 8. Route of Nepalese Mission to Pekin with Remarks on the Water-sheds and Plateau of Tibet. 9. Route from Katmandu, the Capital of Nepal, to Darjeeling in Sikim. 10. Some Accounts of the Systems of Law and Police as recognised in the State of Nepal. 11. The native Method of making the Paper denominated Hindustan, Nepalese. 12. Preeminence of the Vernaculars, or the Anglicists answered, being Letters on the Education of the People of India.

zum Vorgebirge Comorin und ziehen aus Wortschatz, Grammatik, Körperbau u. a. Schlüsse auf ihre Abstammung und Verwandtschaft. Nur in den letzten Abschnitten werden andere Stoffe behandelt. Die Grundsätze, von denen der Herausgeber geleitet wurde, sind dieselben, die er vor Jahren bei Wilsons Werken befolgt hatte. Unbedeutender war Rosts Beihilfe bei der Neubearbeitung der Schriften des Historikers Sir Henry Elliot[1]), Memoirs of the History, Folklore and Distribution of the Races of the Northwestern Provinces of India 1869 und History of India, 1867 ff., aber wieder bedeutsam bei der Sammlung der Miscellaneous Papers relating to Indo-China. Sie erschienen 1886 und 1887 in zwei Serien von zusammen etwa 1250 Seiten, enthielten 52 verschiedene Artikel, Abdrücke von Aufsätzen aus orientalischen Zeitschriften, und wurden im Auftrage der orientalischen Gesellschaft von Singapore veranstaltet zu dem Zwecke, das Studium der hinterindischen Halbinsel und der in der Nähe liegenden Ländergebiete zu erleichtern.[²]) Die Abhandlungen stammten aus den verschiedensten Zeiträumen (von 1808—1879) und von den verschiedensten Verfassern, waren auch von ungleicher Länge und Bedeutung, doch sämtlich im Verein mit dem Ausschuß der Gesellschaft ausgewählt. Die Fußnoten Rosts, in denen Nachträge zur Litteratur (z. B. I, 1, S. 37 12 Zeilen) gegeben oder erklärende Anmerkungen zum bessern Verständnis hinzugefügt (z. B. I, 1, S. 116 über Manila und Oton, S. 72 über Seibi u. a.) oder Druckfehler und Irrtümer verbessert werden (z. B. I, 1, S. 2 betreffs Trotto) sind absichtlich ganz kurz gehalten. Am zahlreichsten treten selbstverständlich die Noten bei den sprachlichen Artikeln auf (z. B. I, 1, S. 84 ff.

---

1) H. Elliot, der bedeutendste Geschichtschreiber Indiens, ist geboren 1808 und erzogen in Winchester, besuchte die Universität Oxford, wurde „Schreiber" in Calcutta und 1847 Sekretär im ausländischen Departement der Regierung Indiens. Er starb 1853. Von den beiden Werken hat er selbst nur je den 1. Bd. herausgegeben. Eine neue erweiterte Ausgabe der indischen Geschichte veröffentlichte seit 1867 (bis 1876 6 Bände) J. Dowson, von den Memoirs erschien die 2. von J. Beames besorgte Auflage in zwei Bänden 1869. Rost hat von beiden Werken die Revision der Druckbogen gelesen. Vgl. auch die Vossische Zeitung vom 11. Febr. 1896.

2) Vgl. I, 1 Vorwort: The importance of placing within the reach of local students (often without access to libraries) a knowledge of what has been communicated to the journals of learned societies in past years upon subjects having reference to the Malay Archipelago, has induced the council of the society to reprint a series of papers etc. und die Contemporary Review urteilt über die erste Serie also: The papers treat of almost every aspect of Indo-China, its philology, economy, geography, geology, and constitute a very material and important contribution to our accessible information regarding that country and its people.

bei no. XII über die Sprache und die Litteratur der indochinesischen Volksstämme von J. Leyden). Dabei thaten ihm Crawfurds Descriptive Dictionary of the Indian Islands and adjacent Countries 1856 und P. J. Veths Aardrijkskunding en statistisch Woordenboek van Neederlandisch Indie 1861—69 sehr gute Dienste. Auch erfreute er sich für den Aufsatz über einen Berg in Benkulen (II, 2, 9) der Beihülfe des Herrn Hervey und für II, 2, 12 (über malaiische Pflanzennamen) der Unterstützung desselben Gelehrten und des Herrn Hooker. Doch waren wieder ganz seine eigene Arbeit die gewissenhaften Indices, die, je drei an Zahl, jeder der beiden Serien beigegeben wurden. Von den veröffentlichten Abhandlungen der 1. Serie sind no. 1—4 aus A. Dalrymples Oriental Repertory entnommen, 5—15 aus den Asiatic Researches und 16—40 aus dem Journal of the Asiatic Society of Bengal. . In der 2. Serie stammt no. 1 aus dem Journal of the Royal Geographical Society, no. 2 und 5 aus den Verhandelingen van het Genootschap van Kunsten en Wetenschapen in Batavia, no. 3 und 4 aus dem Journal of the Asiatic Society of Bengal, no. 6, 8 und 10 aus dem Journal of the Royal Asiatic Society in London, no. 7 aus der Tijdskrift voor Indische Taal-, Land- en Volkenkunde und no. 9, 11 und 12 aus den Malayan Miscellanies. Die Aufsätze erstrecken sich auf die Fragen nach der Abstammung und Sprache, nach den Sitten und Gebräuchen der Eingeborenen und beschäftigen sich mit den Inschriften, Tieren, Pflanzen, Mineralien, dem Klima u. s. w. der Halbinsel Malakka, der Sundainseln (Sumatra, Bali u. a.), Madagaskars und anderer Ländergebiete am indischen Ocean. Sie sind verfaßt von den Herren Logan, Low, Marsden, Raffles, Tremheere, Leyden, Friederich, van der Tuuk, Groeneveldt, Stoliczka u. s. w. Die orientalische Gesellschaft in Singapore war mit dem, was Rost ihr geleistet, so außerordentlich zufrieden, daß ihr Ehrensekretär W. E. Maxwell im Vorwort des ersten Bandes S. VII erklären konnte: The reprinted essays have been carefully edited by Dr. R. Rost of the India Office, who has added some useful references to modern literature giving fresh value to papers some of which would otherwise have little beyond antiquarian interest.

Aber auch für andre Firmen als für Trübner und für andre Unternehmungen hat Rost längere oder kürzere Zeit gewirkt. So hat er dem Prof. Summers am Kings College in London, mit dem er schon seit 1856 bekannt war, nicht bloß Beiträge zu seinem Chinese and Japanese Repository geliefert, sondern ist auch einige Jahre Mitherausgeber dieser Zeitschrift gewesen; ferner hat er für Luzacs Oriental List, die seit Eingehen von Trübners Record erschien, ab und zu einen

Artikel geschrieben.¹) 1867 erzählt er, daß er damit beschäftigt sei, eine Recension für die in Bombay erscheinende Times of India zu schreiben; auch die Londoner Times hat von den siebziger Jahren an bis an sein Lebensende manchen Artikel aus seiner Feder erhalten, z. B. verfaßte er für sie beim Orientalistenkongresse in Stockholm und Christiania 1889 einen eingehenden Bericht über den norwegischen Teil der Feier. Ebenso schrieb er gelegentlich für andere Zeitungen, so für die Pall Mall Gazette 1875 einen Artikel, als es galt, die Engländer für den in seiner Vaterstadt Eisenberg geborenen Philosophen Krause zu interessieren. Selbst für das Jahrbuch von Antananarivo auf Madagaskar hat er im 8. Bande (1885) ein Scherflein beigetragen.²) Die regste Thätigkeit entfaltete er aber für das Athenaeum, eine vornehme englische Zeitschrift für die gebildete und gelehrte Welt. Leider sind seine Aufsätze größtenteils ohne Namensunterschrift erschienen, nur selten mit R. R. oder R. Rost unterzeichnet. Am häufigsten tritt er bei Nekrologen mit seinem Namen hervor, z. B. bei dem Nachrufe Hans Conons v. d. Gabelentz (no. 2459, S. 789 f., vom 12. Dezember 1874), Professor Schiefners (no. 2726, S. 123, 24. Januar 1880), Dr. Haas' (no. 2855, S. 78, 15. Juli 1882), Dr. Burnells (no. 2870, S. 563, 28. Oktober 1882), und Dr. Trumpps (16. Mai 1885). Doch hat er auch Nekrologe ohne Namensangabe verfaßt, z. B. für H. A. Jäschke (no. 2921 vom 20. Oktober 1883, S. 496) und für den amerikanischen Sanskritisten Prof. W. D. Whitney in New Haven (no. 3478 vom 23. Juni 1894). Ebenso ist die andre Art seiner Athenäumsartikel, nämlich die Besprechung gelehrter, besonders sprachlicher Schriften, wohl fast durchweg anonym erschienen. Es sei mir gestattet, aus der großen Zahl derselben hier einige auszuwählen: Recent Malay Dictionaries von Dr. J. Pijnappel und Abbé P. Favre (25. September 1875), A brief Account of Bushman Folklore and other texts von Dr. J. Bleek (15. Januar 1876), Matériaux pour servir à l'Histoire des Etudes orientales en Italie von A. de Gubernatis (7. Oktober 1876), A Sketch of the modern Languages of the East Indies von R. N. Cust (4. Januar 1879), Literary Remains of the late Prof. Th. Goldstücker (10. April 1880), The Sanscrit Manuscripts in the Palace at Singapore (26. Juni 1880), Comparative Grammar of the Language of Further India von C. J. F. S. Forbes

---

1) In dieser Zeitschrift ist auch ein sehr warmer Nachruf Rosts aus der Feder Dr. Bezolds abgedruckt Vol. VII, no. 2, Februar 1896.

2) Mehrfach hat er auch bei Schriften, die einheimische oder auswärtige Gesellschaften drucken ließen, die Revision gelesen, z. B. sah er 1877 die Druckbogen einer persischen Bibel durch und in den Jahren 1885 und 1886 mehrere Bücher des malaiischen alten Testaments.

(4. März 1882), A Tibetan-English Dictionary von H. A. Jäschke (18. März 1882), Ancient Inscriptions in Ceylon von Dr. Ed. Müller (21. Juli 1883), Tibetan Tales derived from Indian sources, translated from the Tibetan of the Kahgyar von F. A. Schiefner (22. September 1883) u. a. Man ersieht daraus, daß er sich nur ganz vorzügliche Werke zur Besprechung aussuchte, die in den besten Verlagsbuchhandlungen erschienen waren. Kein Wunder, daß er bei den meisten nur wenig zu tadeln fand oder nachzutragen hatte, wie z. B. bei der Schrift von Cust über die modernen Sprachen von Ostindien, wo er eine große Menge in den Litteraturangaben übersehener Schriften nachträgt. In der Regel giebt er bei Beginn seiner Recensionen eine historische Einleitung, die über die Geschichte der betreffenden Studien von Anbeginn bis zur Gegenwart unterrichtet, überall aber zeigt er genaue Bekanntschaft mit dem einschlägigen Schrifttum und dem behandelten Stoffe, meist ist er sogar über die Entstehungsgeschichte der besprochenen Schriften und über die Personen der Verfasser gut orientiert.

Vielleicht noch wertvoller sind seine Artikel für die Encyclopaedia Britannica[1]), auch sie sind nur ganz selten mit seinem Namen unterzeichnet. Man kann sie in drei Gattungen zerlegen: 1. Lebensläufe berühmter Orientalisten, z. B. Franz Bopps, Bd. I. S. 49 f. (1875 geschrieben), von dem er nach einander a. den äußern Lebensgang, b. die Schriften, c. die Methode und d. die Bedeutung würdigt. 2. Aufsätze über Land und Leute, Sitten und Gebräuche orientalischer Volksstämme, z. B. über die Thugs (Thags) Bd. XIII, S. 326, d. h. Hindubanden, die berufsmäßig Reisende berauben, nachdem sie sich in Gestalt von Pilgern oder andern Verkleidungen zu ihnen gesellt, ihr Vertrauen gewonnen und sie betäubt haben. 3. Abhandlungen über orientalische Sprachen, z. B. die malaiische, Bd. XV, S. 325 f. und die Palisprache, Bd. XVIII, S. 183 ff. Hier war er besonders auf seinem ureigenen Gebiete und konnte nach Herzenslust aus dem Vollen schöpfen. Sehen wir uns, um die Eigenart seiner Behandlung kennen zu lernen, den Artikel über Malay language and literature einmal etwas genauer an! Rost stellt zunächst das Ausbreitungsgebiet der malaiischen Sprache fest, bespricht sodann die Schriftzeichen und Laute, die Wortbetonung und Wortbildung, die Einfachheit der Wortbiegung und einige Eigentümlichkeiten der Syntax. Darauf erörtert er die äußern Einflüsse, die die Sprache erfahren hat, und hebt dabei die indischen, arabischen und persischen Lehnwörter hervor, dann die idiomatic expressions, welche

---

1) Dictionary of Arts, Sciences and General Literature, Edinburgh, Adam and Charles Black.

die Erlernung der Sprache erschweren, ferner die mundartlichen Erscheinungen und die modernen Hülfsmittel zum Studium der Sprache, endlich die prosaischen (proverbs) und poetischen (pantuns) Sprachdenkmäler. Anhangsweise ist ein Abschnitt über die malaiische Litteratur in englischen Bibliotheken beigegeben. Das Ganze ist höchst knapp gehalten, aber trotz der Kürze übersichtlich und leicht verständlich dargestellt; es ist entschieden darauf berechnet, für das Studium zu interessieren und schnell über die wichtigsten Charakterzüge der Sprache zu unterrichten.

Pali und Malaiisch waren seine Lieblingsbeschäftigung in den letzten Jahrzehnten. Zahlreiche Missionare waren beflissen, ihm die neu erschienenen, oft schwer zugänglichen Bücher auf diesen Sprachgebieten, besonders dem malaiisch-polynesischen, zu verschaffen, und nicht selten erhielt er eine Bücherkiste von den Philippinen oder von Madagaskar, die ihn für Monate mit willkommener geistiger Nahrung versorgte. Aus dieser Vorliebe für die malaiische Litteratur erklärt sich auch, daß er Unternehmungen wie die 1889 ins Leben getretene Association internationale des Philippinistes thatkräftig unterstützte, ja es ist sogar wahrscheinlich, daß er der geistige Urheber dieser Vereinigung gewesen ist, die nach § 1 der Satzungen folgenden Zweck hatte: L'étude des Philippines sous un point de vue scientifique et historique; avec ce propos l'association devra 1. convoquer des congrès internationaux. 2. ouvrir des concours publics sur des thèses en rapport avec ce but de l'association. 3. travailler à la formation d'une bibliothèque et d'un musée d'objets philippinois. 4. publier des ouvrages, mémoires etc. Als Vorstand ist unterzeichnet F. Blumentritt, als Conseillers an erster Stelle Dr. R. Rost, dann Dr. A. B. Meyer, Dr. A. Regidor, Dr. Planchut, Dr. Riedel, als Sekretär Rosts langjähriger Freund Dr. J. Rizal, ein von den Philippinen gebürtiger Tagale, von Beruf Arzt, dann von Manila verbannt, lange Zeit in Madrid, Paris und Berlin mit sprachlichen Studien beschäftigt und während seines vieljährigen Londoner Aufenthaltes fast täglicher Gast in Rosts Hause.

Damit haben wir die wissenschaftliche Thätigkeit in großen Umrissen gezeichnet. Es ergiebt sich aus allem — und das ist oft mit Bedauern ausgesprochen worden —, daß er keine selbständigen Bücher geschrieben hat. Doch ist dies aus seinen Verhältnissen leicht erklärlich. Wenn jemand das Zeug dazu hatte, wissenschaftliche Stoffe in besondern Schriften zu behandeln, so war er es. Hat er doch schon als Kandidat der Theologie und noch mehr im Anfange seiner Wirksamkeit auf englischem Boden zur Genüge bewiesen, daß er über hinreichende Urteilskraft und Sprachkenntnisse verfügte, um mit eignen Schriften an die Öffentlichkeit zu treten. Aber trotzdem und obwohl ihn Staatsrat Schiefner und andere Freunde wiederholt in dieser Richtung angespornt haben, ist er nicht dazu gekommen. Im Februar 1849 schreibt er: „Mit dem Bücherschreiben ist nichts anzufangen auf einem Felde, das einen so sehr eingeschränkten Leserkreis hat. Kein Buchhändler läßt ein solches Buch auf seine eigenen Kosten drucken. Das muß entweder der Verfasser selbst thun oder einer seiner Gönner oder eine der gelehrten Gesellschaften. Orientalische Journale geben dem Verfasser für eine Abhandlung in der Regel auch nichts anderes als eine bestimmte Anzahl Abdrücke." In der That fehlten ihm im Anfange die Mittel, um sich ein derartiges kostspieliges Vergnügen zu gestatten und in späteren Jahren hatte er nicht die genügende Zeit. Die Vielseitigkeit seiner Thätigkeit, die ihm so sehr Bedürfnis war[1]), erlaubte ihm nicht, seine Kräfte allzusehr auf einen bestimmten Punkt zu lenken, was doch bei solcher Beschäftigung mit wissenschaftlichen Stoffen unerläßlich war. Einer seiner vertrautesten Freunde, Prof. Albrecht Weber in Berlin, urteilt in einem Briefe an den Verfasser dieser Zeilen sehr richtig darüber, wenn er sagt: „Rosts umfassende und großartige Sprach- und Litteraturkenntnisse waren seine Stärke, aber auch seine Schwäche. Denn der riesige Umfang seines Wissens und die für Erhaltung desselben stets nötigen Arbeiten hinderten ihn, selbst eigene große Arbeiten zu verfassen. Er hat sich hauptsächlich referierend vernehmen lassen; aber alles, was er that, zeigte ihn ganz in der Sache drin, mit allen Einzelheiten derselben bekannt. Auch die liebenswürdige Bereitwilligkeit, andern zu helfen, seine beispiellose Dienstfertigkeit nach allen Richtungen hin wirkten in gleicher Weise hindernd auf seine eigenen Publikationen ein. Er konnte nicht dazu kommen, er hat so schon Unglaubliches in der Förderung der Wissenschaft durch die Unterstützung der Forschungen anderer geleistet." Wenn man aber die zahlreichen Abhandlungen zusammenstellen wollte, die er für Zeitschriften u. a. geschrieben hat, so würde wohl ein sehr stattlicher Band daraus werden.

Noch haben wir der Ehren und Auszeichnungen zu gedenken, die dem Verstorbenen zu teil geworden sind. Häufig erhielt er wertvolle Bücher von den Verfassern geschenkt, mitunter sogar solche, die nur in wenigen Exemplaren gedruckt und im Buchhandel gar nicht zu haben waren. So berichtet er am 11. Dezember 1854, daß ihm ein

---

1) Im April 1883 schreibt er z. B.: „Es ist gewiß gut für mich, daß ich, so tief ich auch stets in der (Berufs-)Arbeit stecke, doch dabei in der anregendsten Verbindung mit der Außenwelt stehe, bis Formosa und Manila, und mein Steckenpferd ein wenig reite. Das erhält mir die geistige Spannkraft. Gerade das Vielfältige meiner Thätigkeit hindert, daß mich die viele Arbeit aufreibt."

alter Brahmane in Calcutta ein Werk geschenkt habe, woran dieser über 30 Jahre hatte drucken lassen, eine große Sanskritencyklopädie in sieben starken Bänden, wovon einmal ein Exemplar für 400 Thaler nach Wien verkauft worden war; und im Jahre 1895 verehrte ihm die Prinzessin Lucian Bonaparte die sämtlichen Schriften ihres zwei Jahre vorher verstorbenen Gemahls, beinahe 200 Publikationen, die von englischen Mundarten, der baskischen Sprache u. s. w. handelten. Es geschah dies zum Dank dafür, daß er den Wert der großen Bibliothek des Prinzen abgeschätzt hatte, die an die Stadt London verkauft werden sollte.

Ebenso sind ihm nicht selten bedeutende wissenschaftliche Werke zugeeignet worden. So ersuchte ihn 1876 sein Freund Prof. Friedrich Müller in Wien darum, die Widmung seines „Grundrisses der Sprachwissenschaft" anzunehmen, ferner wurden ihm 1883 zwei hochinteressante Bücher in Calcutta dediciert. Dieselbe Ehre hatte ihm im nämlichen Jahre ein Freund aus Kopenhagen zugedacht. Auch der 12. Band der vereinfachten Trübnerschen Grammatiken, die Grammatik des Pali von Dr. Ed. Müller, London 1884, und das Paliwörterbuch von R. C. Childers sind ihm gewidmet.[1]) Kurz, schon 1883 betrug die Zahl dieser ihm zugeeigneten Werke 12, später stieg sie beträchtlich, ja noch im Frühjahr 1896 hat ihm A. Weber seine in den Sitzungsberichten der Berliner Akademie erschienenen „Vedischen Beiträge" zugeeignet.

Auch an andren Auszeichnungen hat es bei ihm nicht gefehlt. Nach und nach wurde ihm die Ehrenmitgliedschaft einer Reihe der angesehensten gelehrten Gesellschaften verliehen. So war er Honorary Fellow of St. Augustines College in Canterbury, ferner Ehrenmitglied der Kgl. asiatischen Gesellschaft in London, „a distinction conferred on thirty only of the leading Orientalists of the world", desgleichen der American Oriental Society in Boston, der orientalischen Gesellschaft in Singapore und der Kgl. orientalischen Gesellschaft der Niederlande im Haag; ebenso war er korrespondierendes Mitglied der Literary Society in Madras, der Deutschen Morgenländischen Gesellschaft, der Kgl. Gesell-

---

1) Darüber sagt Cecil Bendall im Athenäum: „It is remarkable to note the number of valuable special treatises, that have been dedicated to him, in terms too, that imply no mere desire of passing compliment, but testify to the influence he had in inspiring the researches of others. The dedication of a work of insight most remarkable considering the materials, on which it was based, the Pali Dictionary of the late R. C. Childers, is worth quoting in full as a case in point: These pages I dedicate to my friend Reinhold Rost, who first induced me to commence the serious study of the Pali language and to whose encouragement and help it is due that I persevered with it amid many difficulties."

schaft der Wissenschaften in München, der ethnologischen Gesellschaft in Paris u. a.

Große Freude bereiteten ihm die Ernennungen zum **Ehrendoktor der Rechte** durch die Universität Edinburg und zum Honorary Magister artium durch die Universität Oxford. Über beide Feierlichkeiten hat er sich in eingehender Weise ausgesprochen; es ist wohl der Mühe wert, etwas dabei zu verweilen. Am 3. April 1877 wurde er aufgefordert, nach Edinburg zu kommen, und erhielt auf seine Zusage sofort eine Einladung zum Diner beim Vicekanzler der Hochschule, Sir Alexander Grant, der früher Unterrichtsdirektor in der Präsidentschaft Bombay gewesen war. In elf Stunden legte er mit dem „fliegenden Holländer", dem schnellsten Zuge, die Reise zurück und kam früh gegen acht Uhr in Schottlands Hauptstadt an. Empfangen wurde er von dem Professor des Sanskrit, J. Eggeling, und wohnte während des Festes bei ihm. Am Abend war er beim Vicekanzler mit zwanzig andern zur Tafel und saß an der rechten Seite des Wirts. Nach dem Mahle war musikalische Abendunterhaltung in den anstoßenden Räumen. Am andern Vormittage $^1/_2$12 Uhr fanden sich die Festgenossen in der von etwa breitausend Menschen gefüllten Universitätskirche ein, welche in Ermangelung einer Aula zu großen Festlichkeiten benutzt wurde. In einem besondern Raume wurde den zehn Kandidaten (vier Doktoranden der Theologie und sechs der Rechte) der schwarzseidene Mantel umgethan und das Barett in die Hand gegeben. Sie zogen dann in die Kirche und setzten sich auf eine lange Bank zur linken Seite der gleichfalls in ihrer Amtstracht erschienenen Professoren. Davor, im Schiff der Kirche, saßen die Studenten. Nachdem der Kanzler die Feier mit einem Gebet eröffnet, nahm der Dekan der theologischen Fakultät den ersten seiner Doktoranden, führte ihn dem Kanzler vor und gab in kurzer Rede die wissenschaftlichen Verdienste an, die ihn für das Ehrendiplom empfahlen. Dann hielt ihm der Kanzler sein Samtbarett über den Kopf, sprach die Formel der Ernennung zum Doktor und schüttelte ihm die Hand, worauf die ganze Versammlung ihren Beifall durch Trampeln mit den Füßen zu erkennen gab. Nachdem der neue Doktor seinen Namen in ein dazu bestimmtes Buch eingetragen hatte, hing ihm der Universitätssekretär den schwarzen oder (bei den Juristen) blauen Seidenüberwurf um, worauf der Nächste an die Reihe kam, nur mit dem Unterschiede, daß die juristischen Doktoren vom Professor der Geschichte präkonisiert wurden. So war die Feier, durch die Rost zum L. L. D., d. h. Legum doctor oder doctor of laws ernannt wurde.

Den Titel eines Magister artium honoris causa bekam er am 22. Juni 1886 in Oxford. Diese Festlichkeit begann um zwei Uhr in der Aula der Universität. Nachdem der Prorektor seinen Sitz auf dem Throne eingenommen und Rost die übliche Tracht eines magister artium angelegt hatte, holten ihn zwei Pedelle mit ihren silbernen Sceptern aus dem Vorzimmer ab und schritten ihm voran bis ans Ende des Saales, wo der akademische Redner, Professor Merry, ihn erwartete. Dieser hielt nun, neben ihm stehend, eine lateinische Ansprache mit verschiedenen Anspielungen auf die etwas groteske Architektonik des indischen Instituts.¹) Darauf sprach der Prorektor einige Worte und forderte Rost auf, neben ihm Platz zu nehmen; endlich nach langen Verhandlungen über Universitätsangelegenheiten wurde die Feier beendet.

Aber auch Ehrungen andrer Art blieben nicht aus. So war ihm beim Leidener Orientalistenkongresse das Amt eines Vicepräsidenten der malaiisch-polynesischen Sektion zugedacht, das er aus Bescheidenheit ablehnte, ferner wurde er im Frühjahr 1886 in eine Kommission zur Förderung der orientalischen Studien gewählt, der sieben Oxforder Professoren angehörten, und nahm die Wahl um der guten Sache willen an, obwohl ihn die verschiedenen Sitzungen viel Zeit kosteten; auch erhielt er im Juni 1892 aus Chicago die Nachricht, daß er in den Beratungsausschuß für Bibliothekswesen bei der dortigen Weltausstellung gewählt worden sei und ihm freie Reise hin und zurück gewährt werden würde. Doch fühlte er sich nicht wohl genug, die weite Seereise anzutreten und mußte infolgedessen darauf verzichten.

Noch sind die Ordensauszeichnungen zu erwähnen, die ihm zu

---

1) Die Ansprache lautete: „Insignissime Vicecancellarie, vosque, egregii Procuratores, praesento vobis Reinoldum Rost, Indici apud Londinium Praetorii bibliothecarium, universitatis Jenensis Ph. Dr., academiae Edinensis L. L. D., spectatum imprimis virum, doctissimis et eruditissimis cum in Europa tum in Asia societatibus acceptum, meritis honoribus ac praemiis donatum. Tandem aliquando apud nos Oxonienses Imperii orientalis cura atque studium adeo evaluit, ut summa illa et maxima provincia sedem aliquam sibi inter collegia nostra repererit. Sedem dico? arcem potius atque turrim regibus tiaratis elephantumque capitibus circumcinctam, intra autem portentosis deorum imaginibus, opere textorio, supellectilis, armorum, cithararum, fictilium miraculis refertam, perpetua librorum accessione exornatam, unde clarius in dies alumnis nostris innotescat rerum Indicarum scientia. Quid ergo opportunius esse potest quam benevolo et libenti animo insignem virum excipere et nostris adscribere ordinibus in litteratura cum Indica tum etiam Serica, ut nemo fere alius, expertum, linguarum quoque dialectorumque interpretem sagacissimum? Equidem praeterire nolim, quae quantaeque gratiae summo viro sint habendae, qui multis atque operosis laboribus occupatus temporis dispendium adeo nihil fecerit, ut identidem in Academiam ventitarit, professoribus nostris et examinatoribus consilium daturus amicissimum. Duco ad vos virum illustrem, ut admittatur ad gradum magistri in facultate artium honoris causa."

teil geworden sind. Des ihm 1851 verliehenen russischen St. Annen=
ordens ist oben schon gedacht worden. Im Jahre 1888 wurde er zum
Companion of the ordre of the Indian Empire (C. I. E.) ernannt,
eine Auszeichnung, die in der Regel nur solche erhalten, welche in
Indien gewesen sind, 1889 verlieh ihm der König von Schweden den
Gustav=Wasa=Orden und 1894 den Nordsternorden „in Anerkennung
seiner Verdienste um die orientalische Litteratur". Endlich 1892 händigte
ihm der Geh. Rat Schmettau von der deutschen Botschaft in London die
Insignien des Kronenordens dritter Klasse ein. So sind denn auch vom
Heimatlande die Leistungen Rosts durch ein äußeres Zeichen der Aner=
kennung gewürdigt worden.[1])

Das Bild, das wir uns von dem großen Manne machen, würde
aber unvollständig sein, wenn wir nicht noch einen Blick auf seine
Privatverhältnisse, in sein Heim und in seine Familie würfen. Bei
seiner Übersiedelung von Canterbury nach London hatte er in den
Räumen der asiatischen Gesellschaft eine Dienstwohnung erhalten, be=
stehend aus zwei großen Wohnzimmern im zweiten Stockwerk, drei
Kammern im dritten Stockwerk und Küche und Keller im Souterrain.
Von da zog er 1868 nach Albemarle Street no. 22; als er im Herbste
des Jahres 1869 zum Oberbibliothekar ernannt wurde, mietete er sich
nach englischer Sitte ein ganzes Haus für 1500 Mark und zwar in
der Vorstadt Ealing, N. W., Jena Villa, Castleber Road. Die länd=
liche Ruhe der Gegend gegenüber dem Lärm der innern Stadt sagte ihm
sehr zu. Denn wenn auch täglich etwa 70 Eisenbahnzüge durch Ealing
gingen, so war doch das Kutschenfahren am späten Abend und am
frühen Morgen dort wesentlich geringer. Freilich hatte er bis zu dem
in Whitehall liegenden Indischen Amte $1\frac{1}{4}$ Stunde Wegs zurückzulegen.
Dieser Umstand trug mit dazu bei, daß er sich im September 1875 ein
näher gelegenes Logis suchte, das bloß $\frac{3}{4}$ Stunden von der India Office
entfernt war, nämlich 49 Tressilian Road, New Cross (auch St. Johns,
Lewisham bezeichnet) im Südosten. Endlich im Juli 1878 verlegte er
seinen Wohnsitz nach Nordwesten: 1 Elsworthy Terrace, Primrose Hill,
und dieses Haus hat er bis zu seinem Lebensende beibehalten. Hier
verfügte er über folgende Räume: Zu ebener Erde befand sich der
Salon, die Studierstube mit Bibliothek und das Speisezimmer, ferner
Küche, Speisekammer und Waschhaus; im ersten Stockwerk drei Schlafräume,
das Schul=, Kinder= und Badezimmer; im zweiten Stockwerke zwei Gast=
zimmer und verschiedene Räume zum Wäschetrocknen u. s. f. Auf der

---

[1]) Über die Roststiftung vom Jahre 1891 (the Rost testimonial fund)
vgl. weiter unten.

Elsworthy-Terrasse standen bloß sieben Häuser, von denen vier in den
Händen deutscher Familien waren, zum Nachbar hatte er den deutschen
Geistlichen Dr. Schöll. Die drei zuletztgenannten Wohnungen Rosts
hatten den Vorzug der hohen und ruhigen Lage, der schönen Aussicht
ins Freie und der hübschen Umgebung von Blumen- und Gemüsegärten.
Sie boten reichlich Raum, hatten Bade-, Fremden-, Arbeits- und andere
Zimmer und waren aufs beste eingerichtet; selbst die Korridore wurden
immer mit Linoleum belegt. Die innere Ausstattung war nicht luxuriös,
wohl aber gediegen, geschmackvoll und im höchsten Grade behaglich. Denn
das liebte die ganze Familie.

Diese war im Laufe der Jahre um verschiedene Glieder gewachsen.
Rosts erstes Kind, Lorchen, wurde im Juli 1864 geboren, 1865 folgte
eine zweite Tochter, Deasy, und 1867 der erste Sohn, Adolf; 1868
kam Isabella zur Welt, 1870 Minna, 1872 Ernst, 1875 Klärchen.
Zwei von ihnen, Isabella und Klärchen, sind in zartem Alter gestorben,
Lorchen, die durch Keuchhusten und Krämpfe in früher Jugend schwach-
sinnig geworden war, ist nach langjähriger Anwesenheit zu Stetten bei
Stuttgart im Alter von etwa 20 Jahren verschieden. Die vier übrigen
Kinder haben sich körperlich und geistig vorzüglich entwickelt; Adolf lebt
als vielbeschäftigter Bildhauer in London, Ernst hat Medizin studiert
und ist bald nach des Vaters Tode zu Rangoon in Hinterindien als
Militärarzt angestellt worden; Deasy ist seit 1891 an den Sohn eines
alten Dresdener Freundes von Rost, den Bruder des Orientalisten
Hultsch, verheiratet, und Minna ist noch zu Hause und steht ihrer kranken
Mutter treulich zur Seite. So ist es wenigstens einem von den Kindern
vergönnt gewesen, das alte Wunderland Indien zu schauen, nach dem
sich der Vater sein ganzes Leben lang gesehnt hat, ohne je dahin zu
gelangen. Mit großer Freude verfolgten die Eltern den Entwickelungs-
gang ihrer Kleinen, hielten ihnen eine Gouvernante und ließen sie später
in guten Schulen unterweisen; die beiden am Leben gebliebenen Töchter
wurden auch nach auswärts in Pension gegeben: Deasy war 1875—76
in Canterbury und 1883—84 in der Schweiz, Minna 1887—88 in
Dresden. Da die Kinder gleich dem Vater sehr musikalisch beanlagt
waren, so trugen sie oft Musikstücke vor: Lieder von Schubert, neapo-
litanische Volksweisen, die ihnen der junge italienische Gelehrte Jormichi
geschenkt hatte, u. a. Die Mädchen waren auf dem Klavier und auf
der Guitarre bewandert, die Knaben besonders im Violinen- und Flöten-
spiel; Minna sang Sopran, Deasy Alt. Öfter, z. B. im Juli und im
Dezember 1892, waren im Hause große Konzerte von Dilettanten, d. h.
Freunden Adolfs, wobei zwei Piano spielten, vier Geige, einer Violine,
drei Cello, einer Flöte und einer Hoboe. Mitunter gab es auch lustige

Kindergesellschaften, zu denen viele Einladungen erlassen waren, sogar Kindermaskenbälle wurden im Dezember 1884 und 1885 abgehalten. Selten, z. B. bei der silbernen Hochzeit am 14. Juli 1888, wurde ein größeres Festmahl veranstaltet.

Besuch gab es oft im Hause. Bald waren Freunde der Kinder da, bald Freunde des Hausherrn. Im Januar 1885 schreibt dieser: „Wir haben seit länger als fünf Wochen stets Besuch gehabt. Seit acht Tagen ist eine Freundin Deasys bei uns, deren Vater Geistlicher in Jerusalem ist; ehe sie kam, hatten wir einen Herrn aus Melanesien und die Woche vorher einen alten Freund, den Archidiakonus auf Vancouver in Nordamerika; während der Weihnachtsferien aber war eine junge Dame aus der französischen Schweiz bei uns." Und im August 1887 berichtet er, sie hätten den ganzen Sommer Gäste gehabt, Engländer, Juden, Deutsche, Ungarn, Franzosen, Finnländer und Holländer. Unmöglich ist es, alle diejenigen zu nennen, die zum Abendessen oder zum Thee im „Rostheim" eingeladen worden sind; jeder Fremde, der einen Besuch dort gemacht hatte, wurde dieser Ehre teilhaftig. Manche aber traten auch in nähere Beziehung zur Familie und gingen da oft ein und aus, z. B. die Orientalisten Sachau, Leumann, Windisch, Pischel, Pertsch, Bezold u. a. Der stärkste Verkehr von Ausländern war in dem gastlichen Hause während des Londoner Orientalistenkongresses. Da finden wir Gelehrte wie Bühler, Kielhorn, v. Brabke, Aufrecht, Hommel, Huth, Vollers, Paolini u. a. dort im Besuchszimmer.

Ab und zu war Rost auch anderswo eingeladen, eine Ehre, die er von Jahr zu Jahr mehr ausschlug und zuletzt nur in den bringendsten Fällen annahm. So treffen wir ihn beim Herzog von Argyll in Argyll Lodge, Kensington, dann bei den Präsidenten der Kgl. asiatischen, der Kgl. geographischen u. a. Gesellschaften, beim Unterstaatssekretär für Indien u. a.

Lange Zeit konnte weder er noch seine Frau die lieben Verwandten in Deutschland besuchen, namentlich die Geburt der Kinder trat störend dazwischen; doch hatten sie von 1865—1867 eine Nichte, die Tochter des Lycealrektors Ludewig aus Eisenberg, zu Besuch. Öfter waren die Orientalistenkongresse, zu denen er von der englischen Regierung entsandt wurde, eine willkommene Veranlassung, die Heimat einmal wiederzusehen. Dies geschah beim vierten Kongreß, der 1878 in Florenz abgehalten wurde, dann beim fünften und siebenten, dem Berliner und Wiener, 1881 und 1887. Aber auch sonst kam er ab und zu, wenn ihn besondere Veranlassungen nach Deutschland führten; so 1884 als sein Schwager Ludewig in Eisenberg das fünfzigjährige Ehejubiläum feierte und er seine ältere Tochter aus der Schweizer Pension zurück=

holte, und 1887, als er seine jüngere Tochter nach Dresden in Pension brachte. Seitdem ist er nicht wieder nach der Heimat gekommen, wohl aber sind die Kinder verschiedentlich da gewesen. Nach andern Gegenden als den bereits genannten sind die Glieder der Familie fast gar nicht, er selbst nur selten gelangt. Frankreich durcheilte er 1859 zum Teil mit dem Bischof von Kapstadt, Belgien öfter auf der Durchreise nach London, Holland lernte er genauer kennen beim sechsten Orientalistenkongreß in Leiden 1883, Schweden und Norwegen beim achten Kongreß in Stockholm und Christiania. Aber oft hielt er sich für längere Zeit mit oder ohne Familie in den englischen Seebädern Ramsgate, Deal, Eastbourne und namentlich auf der Insel Wight auf. Dort traf er regelmäßig alte liebe Bekannte, wie M. Williams, und wurde von ihnen zu Spazierfahrten u. s. w. eingeladen. Mitunter verlebte er auch einmal ein paar freie Tage bei befreundeten Familien in der Umgegend Londons. Eine solche Erfrischung war für ihn erforderlich. Denn nicht nur die Amtsgeschäfte griffen ihn an, sondern auch die langjährige schwere Krankheit seiner Gattin machte ihm viel Sorge. Die ersten Nachrichten über deren Übelbefinden stammen aus dem Jahre 1872. Das Leiden war innerlich, vielleicht eine böse Nachwirkung der Geburten; es nahm im Laufe der Jahre trotz der aufgewandten Mittel zu. Operative Eingriffe, die durch Prof. Olshausen in der Klinik zu Giebichenstein bei Halle erfolgten, brachten nur vorübergehende Besserung. Sie litt viel an starkem Kopfweh, hatte häufig heftige Schmerzen im Leibe und war in ihrer Bewegungsfreiheit derart eingeschränkt, daß sie schließlich nur noch an der Hand ihrer Lieben im Hause umhergehen konnte. Aber auch bei ihm selbst stellten sich mit den Jahren allerhand unliebsame Störungen des Wohlbefindens ein. Hatte er sich im Anfang leicht in das englische Klima mit seinen vielen Nebeln und Winterregen gefunden, so klagte er später nicht selten darüber; denn es brachte ihm bald Bronchitis, bald rheumatische Schmerzen. Dazu gesellten sich andre Übel. 1879 wird eines Gallensteinleidens Erwähnung gethan, das nach qualvollen Tagen durch Dr. Saß gehoben wird, 1880, 1883 und öfter eines Leberleidens, infolge dessen er eine gelbliche Gesichtsfarbe erhielt; einen bösartigen Anfall dieser Krankheit hatte er im Frühjahr 1888 und 1891 zu bestehen, wo er Wochen lang ans Bett gefesselt war; seit 1886 zeigten sich auch hin und wieder Spuren von Diabetes, wogegen er Kuren mit Karlsbader Salz vornahm. Daher kam es, daß seine Diät immer strenger wurde und er sich manches versagen mußte. Die Zeiteinteilung war ziemlich genau. Früh nach dem Ankleiden las er den Standard, dann frühstückte er und machte sich nach neun Uhr auf den Weg zum indischen Amte;

dabei richtete er es so ein, daß er ¼ Stunde zu Fuße ging und dann den Omnibus bestieg. Wenn er Nachmittag nach fünf Uhr heimkehrte, ging er nicht wieder aus: zunächst ruhte er ½ Stunde, dann half er den Kindern bei den Schularbeiten bis zum Essen. Nach diesem machte er sich, wenn nicht Besuch erwartet oder musiciert wurde, an die Arbeit, auswärtige Korrespondenzen, litterarische Artikel, Korrekturen u. a. bis ½11 Uhr, wo er sich zur Ruhe begab.

Früher noch als die genannten Krankheiten finden wir bei ihm ein Leiden, das ihn erwerbsunfähig zu machen drohte, nämlich den Schreibkampf. Schon 1876 spricht er von einer Lähmung des Daumens, die das Schreiben erschwere; trotz der vorgenommenen Jodeinpinselungen und der Elektrisierung konnte er nur mit schmerzendem Daumen die Feder führen; schließlich versagte ihm die rechte Hand den Dienst zum Schreiben völlig. In dieser bedrängten Lage entschloß sich der willensstarke Mann dazu, fortan mit der linken seine Geschäfte zu erledigen, und in der That brachte er es bald soweit, daß sich seine jetzige Schrift kaum noch von der früheren unterschied. Aber ein Jahrzehnt später war auch diese Hand durch übermäßige Anstrengung so sehr angegriffen, daß er seit 1891 wiederholt klagt, das Schreiben werde ihm sauer. Trotzdem konnte er im Februar 1894 noch daran denken, die große Katalogisierungsarbeit in der Bibliothek des indischen Amtes zu übernehmen; er mußte es leider. Denn infolge der vielen Krankheiten war, so hoch auch sein Einkommen sein mochte, die finanzielle Lage keine glänzende. Die lange Krankheit der Frau kostete große Summen, z. B. wurden für Spargel und Tauben, wovon sie sich vielfach ausschließlich nähren mußte, wöchentlich über 30 Mark ausgegeben; noch mehr war an die Ärzte zu entrichten. Außer dem Hausarzte, der mitunter dreimal täglich kam, wurde mehrfach ein Specialist zu Rate gezogen, der 1891 für sieben Besuche 700 Mark bekam. Im Juli desselben Jahres wurden dem Hausarzte auf seine große Rechnung 2000 Mark als Abschlagszahlung übersandt. In dieser schweren Zeit war es ein hocherfreuliches Ereignis für Rost, daß hochherzige Freunde aus allen Erdteilen sich freiwillig zu dem Zwecke vereinigten, ihm ein großartiges Ehrengeschenk im Betrage von 416 Pfund Sterling — 8320 Mark zu überreichen. War diese Gabe ein Zeugnis der großen Liebe, mit der man überall an dem Altmeister hing, so kam sie ihm andrerseits in seiner jetzigen Lage sehr zu statten. Groß und herzlich war die Freude über diese Stiftung, die in ihrer Art einzig bastand. Hatten doch nicht weniger als 176 Orientalisten aus Europa, Asien und Amerika durch diesen edlen Akt bewiesen, daß ihr Herz warm für den Mann schlug, der so vielen von ihnen die Pfade für ihre spätere Stellung geebnet hatte!¹) Aber freilich sollte bald wieder ein Umschlag der freudigen Stimmung erfolgen; der frohe Ausblick in die Zukunft wurde getrübt

---

1) Das Athenäum vom Juli 1895 Nr. 25 bringt über die Roststiftung folgende Mitteilung:

In February last an international committee of Oriental scholars was formed for the purpose of raising a testimonial to Dr. Rost, Librarian of the India Office, in recognition of the aid given by him in the promotion of Oriental scholarship; and the following invitation was issued:

You are requested kindly to lend your cooperation in an international work of gratitude and respect.

The undersigned declare themselves deeply obliged to Dr. R. Rost for the invaluable services rendered by him to oriental studies during the last twenty years in his capacity as Chief Librarian of the India Office Library. Convinced that these feelings are shared by all orientalists who have had occasion during this time to make use of the rich treasures of the Library, they propose to all friends of Oriental science to raise a Testimonial Fund, to be offered to Dr. Rost, as an evidence of their gratitude, affection and respect.

Subscriptions to the fund may be sent to any of the undersigned: A. Barth, Paris; C. Bendall, London; O. Böthlingk, Leipzig; M. Bréal, Paris; H. Bühler, Vienna; E. B. Cowell, Cambridge; R. N. Cust, London; V. Fausböll, Copenhagen; G. v. d. Gabelentz, Berlin; M. J. de Goeje, Leiden; A. de Gubernatis, Florence; R. Hoernle, Calcutta; H. Kern, Leiden; F. Kielhorn, Göttingen; C. R. Lanman, Cambridge, Mass.; A. Müller, Halle; Sir W. Muir, Edinburgh; P. Peterson, Bombay; R. Pischel, Halle; F. L. Pullé, Pisa; E. Renan, Paris; V. v. Rosen, St. Petersburg; E. Sachau, Berlin; E. Senart, Paris; E. Teza, Padua; A. Weber, Berlin; W. D. Whitney, New Haven, Conn.; E. Windisch, Leipzig.

The result of that invitation has recently been conveyed to him in the following letter from Prof. R. Pischel, dated on the twenty-second anniversary of Dr. Rosts appointment as librarian.

Sir, Ever since you have been at the head of the India Office Library, you have so readily and generously assisted all who have had occasion to make use of the treasures committed to your charge, and have altogether done so much to promote the progress of Oriental scholars, that the friends of Oriental learning in all countries are deeply indebted to you. To show in some outward, however insignificant manner what their feelings are, they have raised a fund called „the Rost testimonial fund" which now amounts to 416 l. 16 sh. and is lodged with Messrs. Williams and Norgate, and they beg of you that you will accept of it as an evidence of their sincere respect and profound gratitude. Trusting that we may long continue to enjoy the benefit of your advice and assistance, I am, Sir, Yours very faithfully

Halle, 24. June 1891.   Dr. R. Pischel, Secretary to the
                          Rost Testimonial Fund.

The 176 contributors are distributed over the following countries: Austria 3; Belgium 5; Denmark 3; France 24; Germany 41; Great Britain 21; Holland 11; India 13; Italy 15; Russia 9; Switzerland 10; United States 21.

durch das drohende Schreckgespenst der Pensionierung. Schon im Februar 1892 wurde ihm ein gerade an seinem Geburtstage datiertes Ministerialreskript zugefertigt, auf dessen Ankunft ihn einige Tage früher einer der obersten Beamten persönlich vorbereitet hatte. Darnach sollte er Ende September aus dem Staatsdienste ausscheiden. Denn es bestand seit einer Reihe von Jahren das Gesetz, daß Civilbeamte mit 60 Jahren in Ruhestand zu versetzen seien, bei besonderer Brauchbarkeit mit 65 Jahren; in Ausnahmefällen könnten sie bis zum 70. Jahre beibehalten werden, aber nicht länger. Nur auf Parlamentsbeschluß könne hiervon eine Ausnahme gemacht werden. Da dies Gesetz jetzt im indischen Amte durchgeführt wurde und Rost 1892 sein 70. Lebensjahr erreichte, so war die Regierung allerdings formell im Rechte, wenn sie ihn zu pensionieren gedachte. Das einzige, was augenscheinlich zu seinen Gunsten geschehen konnte, war, daß man seinen 23 Dienstjahren noch eine Anzahl zulegte, um ihn zu einer Pension geeignet zu machen, die der Hälfte des bisherigen Einkommens gleich kam. Ein Schreiben Rosts an den Minister und den Unterstaatssekretär für die indischen Angelegenheiten hatte den Erfolg, daß beide versprachen, sich seiner anzunehmen; und so konnte er denn im November vermelden, daß er auf ein weiteres Jahr im Amte belassen würde, freilich nicht ohne die Sorge, daß er dann endgiltig zurücktreten müsse. Und diese Befürchtung war leider nicht unbegründet. Trotz der Bemühungen seiner Freunde, die in Berliner, Pariser und Londoner Zeitungen[1]) für ihn wirkten und ihn noch als Oberbibliothekar beibehalten wissen wollten, weil er unersetzbar sei, wurde er Ende September 1893 pensioniert und ein in Indien thätig gewesener Sanskritist, Namens Charles Tawney[2]), aus der Zahl von 23 Bewerbern zum Nachfolger erwählt. Allgemein war das Bedauern, die ganze Gelehrtenwelt beklagte den tüchtigen Mann, und mancher ahnte schon damals, daß er den schweren Schlag nicht lange verwinden würde. Doch behielt er wenigstens seine Stellung als Lehrer an der Missions-

---

Die Namen der deutschen Spender sind: Aufrecht, Bastian, v. Böthlingk, v. Bradke, Brünnow, Cappeller, Deußen, v. d. Gabelentz, Garbe, Geiger, Geldner, Hillebrandt, Hoffmann, Hübschmann, Jacobi, Jolly, Kielhorn, Klatt, Kuhn, Lindner, Miller, Müller, Nöldeke, Oldenberg, Pertsch, Pischel, Prym, v. Roth, Sachau, v. Carolsfeld, Seybold, Simon, Socin, v. Spiegel, Stickel, Weber, Wellhausen, Wilhelm, Windisch, Zachariä und Zimmer.

1) Z. B. druckt The Academy vom 23. Juli 1892 no. 1055 einen Artikel von Barth aus der Revue critique ab, der sich mit dieser Angelegenheit beschäftigt.

2) Die englischen Blätter bezeichnen ihn als Registrar of Calcutta University und als Principal of the Presidency college, Calcutta, and acting director of public instruction in Bengal.

anstalt in Canterbury bei und war eifrig in der Bibliothek des indischen
Amts thätig, um sich durch Privatarbeiten einigen Ersatz für den Weg=
fall der 428 Pfund Sterling (= 8560 Mark) zu verschaffen, um die
er durch den Rücktritt in seinem Einkommen verkürzt worden war. Nach
Beendigung der auf mehrere Jahre berechneten Katalogisierungsarbeit
beabsichtigte er nach Dresden überzusiedeln, wo seine älteste Tochter
wohnte. Er ist nicht mehr dazu gekommen. Auch die Gattin hat
London nicht verlassen; nur ist sie Ende März in ein kleines Logis
weiter nordwestlich gezogen. Denn der Hausstand war um zwei Glieder
vermindert worden durch den Weggang ihres jüngeren Sohnes nach
Indien und durch den plötzlichen Tod ihres Gemahls, der am 7. Februar
1896 eintrat. Dieser war seiner Gewohnheit gemäß am Freitag nach
Canterbury gefahren und ging eben von der Chatam and Dover Station
nach dem Kolleg, als er in der Nähe des Thores infolge eines Herz=
schlages ohnmächtig wurde, sodaß er auf die Straße gefallen wäre, wenn
ihm nicht ein Arbeiter zu Hülfe gekommen wäre. Allein weder ihm noch
einem sich dazu gesellenden Geistlichen gelang es, ihn bis zur Missions=
anstalt zu führen. So mußte er in einem benachbarten Hause so lange
untergebracht werden, bis ein Hospitalarzt herbeigerufen worden war,
der ihn auf einer Sänfte nach dem St. Augustinskolleg bringen ließ.
Dort entschlief er trotz aller Versuche der zugezogenen Ärzte, ihn am
Leben zu erhalten, abends $1/_2 7$ Uhr. Am nächsten Abend um 6 Uhr
wurde sein entseelter Körper langsam und feierlich unter dem Geleit der
gesamten Lehrerschaft und aller Studenten durch das große Thor des
Kollegs zur Bahn getragen unter dem Gesange der Hymne: Brief life
is here our portion. Von dort erfolgte die Überführung nach London,
und hier ist er Mittwoch darauf im Friedhofe zu Hampstead N. W.
zur ewigen Ruhe gebettet worden. Groß war die Zahl des Trauer=
gefolges[1]), groß der Schmerz derer, die ihm das letzte Geleit gaben.
Alle bedeutenderen englischen und auswärtigen Zeitungen aber widmeten
ihm warme Nachrufe.[2]) Hatten sie schon bei Gelegenheit des Rücktritts
seiner fruchtbringenden Thätigkeit im indischen Amte mit den an=
erkennendsten Worten gedacht[3]), so noch mehr jetzt, wo es galt, der

---

1) Die Hampstead and Highgate Express-Zeitung vom 15. Februar 1896
veröffentlicht die Liste der hervorragendsten Teilnehmer.

2) Vgl. u. a. Academy vom 15. Februar 1896, Journal of the Royal
Asiatic Society of Great Britain and Ireland, April 1896 S. 367—369,
Luzacs Oriental List, Februar 1896 S. 30 (vol. VII no. 2), Times 10. 2. 96,
Daily News 10. 2. 96, Nationalzeitung 12. 2. 1896, Vossische Zeitung 11. 2. 96.

3) Vgl. The Graphic vom 7. Oktober 1893 no. 1245 (mit seinem Bild=
nis), Times im Oktober 1893 und 27. August 1894, Reis and Rayyet, 30. De=
zember 1893 u. a.

ganzen Persönlichkeit und ihrem gesegneten Wirken auf englischem Boden gerecht zu werden. Man wußte, daß ihn niemand voll ersetzen konnte; denn eine so umfassende Sprachkenntnis ist selten, so edle Charakterzüge noch seltener.

V. Charakteristik.

Dr. Rost war eine stattliche Erscheinung von hohem, kräftigem Körperbau. Wenn er auch im jugendlichen Alter manchmal kränkelte, so kräftigte er doch durch häufigen Aufenthalt im Freien, namentlich durch starke Fußwanderungen, Enthaltsamkeit vom Rauchen, Tanzen u. a. seine Natur so sehr, daß sie sich leicht dem abweichenden englischen Klima anpassen konnte. Ein dunkler Vollbart umrahmte das fein geschnittene Gesicht, aus dem zwei treue braune Augen unter der hohen Stirne hervorstrahlten.

Die bedeutenden Anlagen, die er von Kindheit auf besaß, traten schon während der Schulzeit deutlich hervor. Der Reichtum und die Gestaltungskraft seiner Phantasie zeigten sich in seiner poetischen Beanlagung. Wir besitzen von ihm nicht nur feinsinnige, tiefempfundene deutsche Gedichte[1]), z. B. eine Phantasie in der Kemnate zu Orlamünde,

---

[1]) In einem Notizbuche aus seiner Jenenser Studienzeit findet sich folgendes Gedicht unter der Überschrift: „Sonnenblick".

1. Was sind alle Erdenleiden,
Wenn Du siehst, ein einzges Glück
Zaubert einen Freudenhimmel
In Dein banges Herz zurück?

2. Jauchzt Dein Herz nicht wie beflügelt,
Wenn der Freude goldnes Licht
Deine Thränennacht burchzittert
Und des Schmerzes Riegel bricht?

3. Alle Leiden sind vergessen,
Und die Qual war nur ein Traum,
Und das Auge leuchtet feurig
Wie ein Stern am Himmelssaum.

4. Und Du möchtest Erd' und Himmel
In die Arme schließen gleich,
Deine Wonne offenbaren
Bis zum fernsten Erdenreich.

5. Freude ist ein Strahl der Sonne,
Der die Blumenkelche küßt,
Bis der schwere Regentropfen,
Den die Nacht geweint, zerfließt;

sondern auch lateinische Oden und griechische Hexameter, die er bei besondern Festlichkeiten mit Leichtigkeit auf das Papier warf. Außer der Erdkunde und den Lebensbeschreibungen bedeutender Männer, die er noch in spätern Jahren sehr gern las, waren die Sprachen von jeher das Lieblingsfeld seiner Beschäftigung. Seiner leichten Auffassungsgabe und seinem zähen Gedächtnis für alle Spracherscheinungen verdankte er es hauptsächlich, daß er schon auf dem Gymnasium gewöhnlich obenan in der Klasse saß und wiederholt ausgezeichnet wurde. Als Autodidakt erlernte er das Hebräische und bestand darin glänzend die Abiturientenprüfung. Und wie diese, so hat er sich später die verschiedenartigsten andern Sprachen spielend angeeignet. Von den einsilbigen Idiomen Südostasiens beherrschte er mehr oder weniger das Chinesische, Tibetanische, Birmanische und Siamesische; der malaiisch-polynesische Sprachstamm lag ihm besonders nahe und war ihm in fast allen seinen Zweigen und Verästelungen von den Philippinen und Formosa bis Madagaskar vertraut, auch im Neuseeländischen hat er einmal Schüler unterwiesen; von den Dravidasprachen auf dem Plateau von Dekhan waren ihm namentlich Tamil, Telugu und Malayalam geläufig; unter den Gliedern des uraltaischen Stammes kannte er das Türkische bereits durch die Vorliebe seines Lehrers Stickel in Jena; aus der Zahl der Bantusprachen hat er sich nach einer brieflichen Mitteilung an mich noch im Winter von 1890—91 das Kisuaheli angeeignet; im Bereiche des semitischen Sprachstammes pflegte er u. a. das Syrische, Arabische, und Assyrische; vom indogermanischen Typus endlich waren ihm außer den europäischen Vertretern das Sanskrit mit allen seinen indischen Verwandten, dem Pali, Prakrit, Hindi, Hindostani u. s. w., ferner das Altbaktrische, Alt- und Neupersische u. a. geläufig. Welcher Sprachforscher der Gegenwart könnte sich eines gleich großen Umfangs seiner Sprachkenntnisse rühmen? Neue Bücher bereiteten ihm stets große

> 6. Bis die Blüte sich entfaltet
> Wie von süßer Lust belebt
> Und zum Himmel auf das schöne,
> Duftbewegte Haupt erhebt.
>
> 7. So wenn Dein Gemüt umnachtet
> Und die Freude blitzt herein,
> Schließt sich auf des Herzens Krone
> Und erblüht im Sonnenschein.
>
> 8. Darum sollst Du nimmer klagen,
> Wenn der Schmerz Dich heftig drängt.
> Wie ein Blitz kommt Dir die Freude,
> Die des Schmerzes Bande sprengt.

Freude, schon als Schüler legte er die sauer verdienten Stundengelder oder die Geldlegate gern in linguistischen Schriften an. Als Gelehrter aber bereicherte er seine Bibliothek in dem Maße, daß sie schließlich einen Wert von etwa 75000 Mark hatte. Mit seinen Urteil war er nicht vorschnell; was er sagte und schrieb, war wohlüberlegt; mitunter zeigte er sich fast zu vorsichtig und zurückhaltend. Als ihn im Jahre 1847 Dr. Bran bitten ließ, ab und zu einen Artikel über englische Verhältnisse für die Zeitschrift Minerva beizusteuern, antwortete er: „Meine Ansichten über englisches Leben u. s. w. müssen erst eine gewisse Solidität und Konsistenz gewinnen, ehe ich selbst ein einzelnes Erlebnis zu beschreiben versuche; sonst wäre ich in Gefahr, ein höchst einseitiges Raisonnement zu liefern, vor dem ich mich später zu schämen hätte." Seine Unterhaltung war anregend und oft geistreich, auch ein Scherz floß mitunter ein, in seinen Briefen, namentlich aus der Canterburyer Zeit sind drollige Bemerkungen und witzige Einfälle häufig.

Staunen erregt seine Willenskraft; was er sich vorgenommen hatte, führte er aus. Um an der Quelle der orientalischen Studien zu sein, ging er trotz seiner beschränkten Mittel nach England, und obwohl ihm Jahre lang alle Versuche, eine einträgliche Stellung zu erhalten, fehl schlugen, obwohl er sich erst mit 41 Jahren einen eigenen Hausstand gründen konnte, hat er doch nicht daran gedacht, sein Ziel je aufzugeben. Als er durch den Schreibkrampf den Gebrauch seiner rechten Hand verlor, besaß er die Energie, die linke zum Ersatz geeignet zu machen. Überall konnte er sich beherrschen, Zorn und aufbrausendes Wesen waren ihm fremd; als Lehrer verfügte er über eine himmlische Geduld, auch gegen die schwerfälligsten Schüler. Mit großer Gewissenhaftigkeit lag er seinen Geschäften ob, selbst während der Krankheit war er oft nicht abzuhalten, an die Arbeit zu gehen. Als er im Februar 1880 von argen, durch Gallensteinleiden verursachten Schmerzen gequält wurde, mußte ihm seine Gattin die Hüte verstecken, um ihm den Gang zum indischen Amte unmöglich zu machen. Nicht einmal Vergnügungen konnten ihn reizen, wenn er eine Verpflichtung zu haben glaubte. Als er im Juni 1859 auf einer größern Festlichkeit zu Ehren des abgehenden Domschulrektors Wallace erfuhr, daß ein alter befreundeter Junggeselle schwer erkrankt war, ließ er sich nicht zurückhalten, sondern eilte im festlichen Anzuge ans Krankenbett und wachte dort treulich bis zum Morgen. Überhaupt wurde ihm für Freunde nichts zu schwer.[1]) Seine liebebedürftige Natur konnte ohne Freundschaft

---

1) „Wie schön wäre es für uns," schrieb er im Juni 1884, „wenn ich für mich so viel thun könnte, wie es mir in der Regel gelingt, für andere zu thun."

V. Charakteristik.

nicht glücklich sein. In allen Lebensaltern und Lebenslagen wurde ihm das Dasein verschönert durch den Umgang mit edlen Menschen[1]); darum reiste er auch so gern zu den Orientalistenkongressen und kehrte stets befriedigt wieder heim, darum unterhielt er zeitlebens einen so umfangreichen Briefwechsel. Für die Fachgenossen war er nach seinem eignen Ausspruche oft Vater und Mutter zugleich. Wem er mit seiner reichen Sprachkenntnis dienen konnte, dem half er gern. „Für die Orientalisten dreier Weltteile hielt er im britischen Museum und im indischen Amte Umschau nach Materialien, deren jene gerade für ihre jeweiligen Zwecke bedurften." Mancher Gelehrte verdankt den Erfolg einer Studienreise nach England zum großen Teile der thatkräftigen Unterstützung, die ihm Rost angedeihen ließ. Namentlich hielt er es für seine Schuldigkeit, sich der jüngern Orientalisten nach Möglichkeit anzunehmen; aber auch sonst zeigte er sich gern hilfsbereit.[2]) Ein von den Philippinen stammender Arzt Dr. Rizal hatte die Unvorsichtigkeit begangen, in einem politischen Roman die Jesuiten seiner Heimat anzugreifen; er fand an Rost einen Helfershelfer, als es galt, ihm die Wege zur Rückkehr in die verlassene Vaterstadt zu ebnen; in dessen Sache schrieb dieser sogar einen Brief an den Grafen Morphy, den Privatsekretär der Königin von Spanien, den er kannte. Die Gräfin Dembinska bat ihn während seines ersten Londoner Aufenthalts, ihren Neffen, der von Hamburg nach London gekommen war, um dort eine Stellung anzunehmen, in seinem Hause unterzubringen und sich seiner nach Kräften anzunehmen; und sie hat ihm sehr dafür gedankt, daß er es that. Sein Haus war nach seiner Verheiratung der Sammelpunkt der meisten Deutschen, die nach England gingen; und er freute sich stets, Gäste bei sich zu sehen, gleich seiner liebenswürdigen Gattin, da beide sich im Kreise liebevoller Menschen erst recht behaglich fühlten und die Anregungen geselligen Verkehrs und geistreicher Unterhaltung sehr hoch schätzten. Daher folgte er auch so gern, bevor er sich verheiratete, den Einladungen in befreundete Familien. Da er das Wirtshausleben nicht liebte, war er oft am Abend Gast in irgend einem bekannten Hause. Schon im September 1847 machte ihm der alte Professor Norris das Anerbieten, ihn in seine Familie einzuführen, „die größte Ehre, die der Engländer einem Fremden erweist". Überall wurde er gern gesehen, weil er so liebenswürdig war und sich mit allen an-

---

1) Schon 1862 hatte er in seinem Photographiealbum 34 Orientalisten, darunter Bopp, Pott, A. Weber, v. Dorn, Schiefner, v. d. Gabelentz.

2) Z. B. hielt er es stets für seine Schuldigkeit, neue Schriften von mir, die ich ihm aus Freundschaft übersandt hatte, in englischen Zeitschriften anzuzeigen. Gewöhnlich las er sie sofort und bedankte sich umgehend.

genehm zu unterhalten wußte; selbst die Kinder hatten ihn sehr lieb. Denn er nahm sie häufig auf den Schoß und erzählte ihnen Grimmsche Märchen, ja er baute sogar für sie, wenn einmal viel Schnee gefallen war, Schneemänner. Beim Pastor Robertson in Bekesbourne putzte er 1853 einen Weihnachtsbaum für die sechs Kinder und vergoldete dazu die Äpfel und Nüsse, und als dann einige Tage darauf die Jugend des Ortes und der ganzen Umgegend zum Ableeren des Christbaumes eingeladen war, weilte er mitten unter den Kleinen und verloste unter sie die süßen Herrlichkeiten. „Ich spielte mit der jungen Welt," sagt er darüber, „als hätte ich zwanzig Jahre weniger auf dem Rücken. Das war eine Lust. Ich erwarte demnächst zu einer andern Kindergesellschaft eingeladen zu werden, worauf ich mich schon im voraus freue." Und bei dieser zweiten Gesellschaft hat er dann Blindekuh mit gespielt. In gleichem Maße nahm er sich natürlich der eignen Kinder an, die gegen Abend in seinem Zimmer arbeiteten und ihn bei schwierigen Aufgaben um Rat fragten, mit denen er oft scherzte und für die er gelegentlich am Strande zwischen Deal und Ramsgate Muscheln suchte. In spätern Jahren liebte er die Ruhe und nahm sehr selten Einladungen an. Regelmäßig war er nur bei dem Bankett zugegen, das der Unterstaatssekretär für Indien zu Ehren des Geburtstags der Königin veranstaltete, und im Anschluß daran beim Empfang im Ministerium des Auswärtigen. „So interessant auch solche Episoden sind," schreibt er im Sommer 1893, „ich bin froh, daß nun die ruhige Zeit eingetreten ist, in der ich nur meinen Amtspflichten, meinen Studien und meiner Familie leben kann."

Eine Reise in die Heimat ging ihm über alles. Denn an den Verwandten hing er mit unaussprechlicher Liebe. An seinen Schwager Ludewig hat er viele hundert Briefe geschrieben, nicht minder an seine Brüder. Wofern er selbst keine Zeit hatte, pflegte er zu seiner Frau zu sagen: „Schreib doch wieder einmal nach Eisenberg, sie werden sich dort sehnen." Wenn er kam, brachte er stets zahlreiche Geschenke für die Kinder mit; oft schickte er auch etwas, wovon er annahm, daß es Freude machen würde: bald indische Blumenzwiebeln für den Hausgarten oder ein Päckchen Thee, bald eine Seltenheit, z. B. eine Banknote aus Sarawak oder rare Briefmarken aus fremden Ländern für die Sammlungen der Kinder.

Aber auch das deutsche Vaterland lag ihm am Herzen. Die Kriege, die unser Volk gegen Dänemark, Österreich und Frankreich führte, verfolgte er in den Zeitungen mit großer Spannung; in solchen Zeitläuften hielt er sich gewöhnlich eine deutsche Zeitung, weil die englischen ihm nicht unparteiisch genug waren. Die Vorrede zum ersten Bande von Wilsons Werken datierte er den 18. Oktober „zum Andenken an die

Völkerschlacht von Leipzig und die Feier der Krönung des Königs von Preußen". Gelegentlich seines eintägigen Aufenthalts in Straßburg im August 1859 schreibt er: „Als ich so dahinschlenderte durch diese alte, so durch und durch deutsche Stadt und mehr Deutsch als Französisch reden hörte, wurde mir's ordentlich unheimlich zu Mute, daß ich mich nun auf französischem Boden befand. Wann werden wir Deutschen einmal wieder zu unserem rechtmäßigen Eigentum gelangen?" Mit Unwillen aber wurde er erfüllt, wie ihm Professor Reuß sein Herz ausschüttete über den Zustand der Dinge: „Das deutsche Element werde im Elsaß jetzt auf alle Weise unterdrückt; Spioniererei und die genaueste Überwachung alles dessen, was die Deutschen thäten, sei an der Tagesordnung, ja in der Dorfschule, wo man gar kein Französisch verstehe, solle jetzt die biblische Geschichte französisch gelehrt werden." Auch deutsche Bibliotheken hat er, wo er nur konnte, gefördert, z. B. ist auf seine Veranlassung im Jahre 1871 der Straßburger Universitätsbibliothek eine reiche Gabe an kostbaren orientalischen Werken vom indischen Amte bewilligt worden und 1893 der Deutschen Morgenländischen Gesellschaft die wertvolle Bibliothek des jungen hoffnungsvollen Orientalisten Dr. Heinrich Wenzel, der in London an Blutvergiftung gestorben war, von dessen Vater, dem Geh. Medicinalrat Dr. Wenzel in Mainz, geschenkt worden.[1])

Groß war seine Vorliebe für die Natur. Sein für alles Schöne empfängliches Gemüt schwelgte förmlich in einer schönen Landschaft. Die Anmut des Thüringer Waldes und des Riesengebirges entzückte ihn in jungen Jahren, noch mehr der Rhein, über den er schreibt: „Für mich war das Hinabschwimmen auf dem breiten Strome eine neue Erscheinung voll eigentümlichen Reizes. Beschreiben läßt sich eine solche Fahrt nicht; sie ist wie ein Traum voll Zauber, der sich nur nachfühlen läßt." In späterer Zeit weilte er gern an der See, besonders auf der Insel Wight; und wenn er einmal eine neue Gegend sah, freute er sich sehr. Von der Lage der Stadt Edinburg war er ganz entzückt, über sie könne man sich weder aus Beschreibungen noch aus Bildern den entferntesten Begriff machen; der Trollhättakanal und die zwischen Wald und See wechselnden südschwedischen Gegenden von Gotenburg bis Stockholm fesselten ihn ungemein, ebenso die landschaftlichen Reize der Schweiz, z. B. des Ütliberges bei Zürich, den er 1884 aufsuchte. Nach alledem kann man sich denken, wie sehr er an seinem Hausgärtchen hing, das er mit seinem Sohne Adolf so hübsch im Stande hielt, in

---

1) Vgl. die Schrift: „Die Deutsche Morgenländische Gesellschaft" 1845 bis 1895, S. 23.

dem er Geranien, Lobelien, Narzissen und andere Blumen anpflanzte, Holunder und andere Sträucher sorgfältig pflegte.

Auf sein empfängliches Gemüt übte die Musik einen außerordentlich wohlthätigen Einfluß aus. Er war selbst musikalisch beanlagt, spielte Klavier und lernte als Student die Cither spielen; in Jena sang er mit Quartett und besuchte mit Vorliebe klassische Konzerte. Mendelssohn, Mozart, Beethoven liebte er sehr, weniger Wagner, dessen Instrumentation er bewunderte, den er aber nicht so melodiös fand wie die alten Meister. Kein Wunder, daß er auch seine Kinder in der Musik gehörig ausbilden ließ. Wenn diese ihm ein Klavierstück vortrugen oder ein Lied zur Violinbegleitung sangen, so fühlte er sich erleichtert und atmete nach der schweren Last des täglichen Berufes wieder auf. Überhaupt ging ihm Behaglichkeit in seinem Heim über alles. My house is my castle konnte auch er sagen. Ebenso behagten ihm die Kreise am meisten, in denen kein steifer Ton, sondern gemütliches Wesen herrschte. Eine Hausfrau dachte er sich als Jüngling häuslich, verständig, gebildet und unaffektiert. Die Frau eines angesehenen Londoner Rechtsanwalts, bei dem er öfter eingeladen wurde, gefiel ihm nicht, obwohl sie ihm den Ehrenplatz an ihrer Seite bei Tafel eingeräumt hatte, jung und hübsch war und deutsch, französisch, spanisch und italienisch sprach. Er mußte gestehen, daß es ihm stets etwas bänglich in der Nähe eines solchen Blaustrumpfs zu Mute wäre und daß er immer seine leisen Bedenken hätte, ob sie ihren Mann auch wirklich recht glücklich mache. Im April 1852 erklärte er: „Wenn mir weise Leute in allem Ernste gesagt haben, daß mir der Orden (der russische St. Annenorden) leicht zu einer Frau verhelfen könnte, so haben sie damit weder ihrem Lande noch ihren Landsmänninnen ein sonderliches Kompliment gemacht, noch auch bedacht, daß ich eine solche Frau, welcher am Chevalier mehr gelegen wäre als an mir allein, wäre sie auch noch so reich, gar nicht möchte." Und er hat wirklich eine Lebensgefährtin nach seinem Wunsche gefunden. Durch lange Jahre der Trübsal schon im elterlichen Hause geprüft, war diese für das Leben und seine Mühen gereifter geworden. Mit einer kindlich frommen, gottergebenen Seele verband sie ein treues Herz voll Selbstverleugnung und Aufopferung. Ihr tiefpoetisches Gemüt, ihre strenge Wahrheitsliebe, ihre heitere, kindlich reine Auffassung des Lebens sprachen ihn ebenso im Innersten an wie ihm ihre strenge Häuslichkeit, ihr unablässiger Fleiß, ihre zarte Hingebung für die erkrankte Mutter das Glück seines künftigen Haushalts verbürgten. Und in der That wußte sie ihm den Aufenthalt im „Rostheim" so angenehm als möglich zu machen; namentlich sorgte sie dafür, daß alles nett und sauber und spiegelblank war, wie er es schon vor seiner Ehe geliebt hatte. Denn so

klein z. B. 1817 seine Londoner Wohnung war, so herrschte doch darin
die peinlichste Accuratesse. Aber Luxus war ihm abhold, sowie auch
geschniegeltes, hochfahrendes Wesen ihn förmlich abstieß. Gegen Dünkel=
hafte konnte er sogar scharf und schneidig sein. Bescheiden ist er sein
Lebtage geblieben trotz seiner riesigen Gelehrsamkeit und der hohen
Stellung, die er bekleidete, trotz der Orden und Auszeichnungen, die ihm
zu teil wurden. Mit seinem Wissen drängte er sich nicht vor, Prahlerei
aller Art war ihm verhaßt. Im Jahre 1870 legte er einem Briefe
eine Visitenkarte bei und bemerkte dazu: „Wäre noch mehr Platz darauf
gewesen, so hätte ich noch allerlei darauf drucken lassen können, was
freilich heut zu Tage nur noch Narren thun, z. B. meinen russischen
Orden und meine Ehren=, korrespondierende und ordentliche Mitglied=
schaft von allerlei gelehrten Gesellschaften in Indien, Frankreich, Holland
und Deutschland." Bei Erwähnung der Rede, die der Prof. der Ge=
schichte gelegentlich seiner Ernennung zum Ehrendoktor der Rechte in
Edinburg hielt und worin er seine Verdienste um die Wissenschaft
würdigte, äußert er: „Von mir wußte er allerlei zu erwähnen, was mir
völlig neu war und mich mehr in Erstaunen setzte als die Zuhörer."
Mit dieser Bescheidenheit steht sein grundehrliches Wesen im schönsten
Einklang. Er war stets offen und wahr und verabscheute unredliches
und unlauteres Gebaren. Als ihm im Jahre 1847 ein Posten als
Hauslehrer beim bayrischen Gesandten angeboten wurde, nahm er ihn
trotz seiner bedrängten pekuniären Lage nicht an, hauptsächlich weil er
fürchtete, nicht genug Zeit zu seinen Privatarbeiten zu haben. Dazu
bemerkt er: „Die vorigen Hofmeister waren auch Leute, die ihr Stecken=
pferd geritten haben; da sie aber keine Muße fanden, ihre Tiere von
Zeit zu Zeit etwas auszureiten, so sind sie sämtlich, obwohl sich jeder
auf fünf Jahre verbindlich gemacht, nach Jahresfrist entweder von selbst
fortgelaufen, oder sie haben sich so unangenehm zu machen gewußt, daß
sie der Prinzipal hat fortschicken müssen. Das ist aber eine unedle
Maßregel, mit der ich mich nicht befreunden könnte."

Gegen Arme war er wohlthätig. Unbemittelten Landsleuten half
er oft aus ihrer Verlegenheit, und kein Bettler ging unbeschenkt aus
seinem Hause. Tiroler Sänger aus dem Zillerthale, die in Canterbury
ein Konzert gegeben hatten, bewirtete er einst in seiner Wohnung mit
Kuchen und Kaffee, und einen indischen Bettler, der auf den Straßen
der Stadt schlechte Geschäfte gemacht hatte, nahm er mit nach Hause,
bereitete ihm einen angenehmen Nachmittag und entließ ihn reich be=
schenkt. Zu Stiftungen spendete er oft große Summen, z. B. zur
Krausestiftung seiner Heimat, ja auch mit Trinkgeldern war er freigebig.
Hat er doch in Florenz der Dienerschaft des Herzogs von Sermoneta,

dessen Gast er während des Orientalistenkongresses war, ihre kleinen Handreichungen mit Goldstücken aufgewogen!

Bei seiner ganzen Denkungsart mußte er sich von den Bestrebungen der Freimaurer angezogen fühlen, die ja Pflege und Förderung reinen Menschentums und idealer Gesinnung auf ihre Fahne geschrieben haben. Schon als Student feierte er daher einmal das Johannisfest in der Coburger Loge mit, und am 23. Juni 1846 wurde er als Mitglied der Geraer Loge Archimedes zum ewigen Bunde aufgenommen. Ihr hat er bis zu seinem Tode angehört, ja er hätte zu Johannis 1896 sein goldenes Freimaurerjubiläum feiern können.

Ein solcher Mann konnte keine Feinde haben; wer ihn kannte, mußte ihn lieben und verehrte ihn zeitlebens. Groß war die Teilnahme in Canterbury bei seiner schweren Erkrankung im Winter von 1862—63, zahlreich die Spendungen, die ihm aus Hochachtung und Liebe gemacht wurden. Sein Assistent Childers schenkte ihm auf dem Totenbette seinen Siegelring, und ein buddhistischer Mönch aus Ceylon schickte ihm 1877 einen rubinverzierten goldenen Fingerreif; zu seinem Geburtstage kam von Freundeshand bald eine Kiste mit Thee aus Indien, bald eine Sendung Champagner aus Rheims u. a. Und wie oft erhielt er nicht Gelee, eingemachte Früchte, Himbeersaft, Aschkuchen, ja gebratene Hühner und sogar Truthähne von seinen Freunden zur Labung! Das freute ihn stets sehr; denn nach dem Zeugnisse seiner Gattin war der liebe Mann so leicht glücklich zu machen wie ein Kind. Auch die Anerkennung seiner Thätigkeit that ihm wohl, und nur einmal bin ich in dem umfangreichen Briefwechsel, der mir vorgelegen hat, einer Klage darüber begegnet, daß man in England seine Verdienste nicht zu würdigen wisse. Mit der ihm eignen Offenheit schreibt er am 25. August 1887 an eine Nichte: „Ich möchte so gern einmal etwas länger bei euch sein; in den letzten Jahren war es eine wahre Hetzjagd. Freilich ist mein ganzes Leben und Treiben eine Hetzjagd. Es giebt immer so viel zu thun, mehr als ich machen kann. Und habe ich in meiner langen amtlichen und sonstigen Thätigkeit auch wenig Greifbares geleistet und es in der Welt zu nichts, ja zu weniger als nichts gebracht, so ist doch all mein Streben nicht vergeblich gewesen und wird fortbauern, ohne daß mein Name dabei genannt wird oder in Betracht kommt, in mancher großen Leistung, mancher bedeutenden Regierungspublikation, zu der ich die Idee und den ersten Anstoß gegeben. In Deutschland und Frankreich, zum Teil auch in Indien ist das alles viel mehr bekannt als hier, wo nur derjenige zu Ansehen gelangt, der, auch bei wissenschaftlichen Leistungen, nur sich und seinen eignen Vorteil im Auge hat und zur Geltung bringt."

Daß aber auch die Engländer schließlich seine große Bedeutung erkannt haben, bekundet die allgemeine Trauer, die die Nachricht von seinem Tode im ganzen Lande hervorrief, und das zahlreiche Trauergefolge, das von London und von andern Städten Englands erschienen war, um ihm die letzte Ehre zu erweisen. Alle großen Zeitungen widmeten ihm tiefempfundene Nachrufe und spendeten seiner Thätigkeit und seinem Charakter pietätvolle Worte der Anerkennung, voran die Times, die uns erzählt, daß durch seine unabläßige Fürsorge die Bibliothek des indischen Amts die vollzähligste Schatzkammer orientalischer Schriften in Europa und der Zufluchtsort von Gelehrten aus allen Teilen der Welt geworden sei, und dann folgendermaßen fortfährt: But it was not by his official labours that Dr. Rost gained his unique reputation, nor by his published works, which were far too few, but rather by the universality, the popularity and the absolute accuracy of his linguistic attainṭments and the readiness and freedom with which he placed his unbounded stores of knowledge at the unrestricted disposal of fellow-labourers. He was the most many-sided authority on Oriental philology of his day; but he always seemed more willing to work for others than for his own profit; and thus passing the unobtrusive tenour of his labours for close on 50 years, he slowly, but surely, won not only the respect and admiration of his contemporaries for the accuracy of his scholarship, but their warm affection and regard for the integrity, generosity and modesty of his character.

So ist sein Wesen, so wird sein Bild alle Zeit denen vorschweben, die das Vergnügen gehabt haben, ihn näher zu kennen. Was er zum Gedächtnis seines verstorbenen Freundes Dr. Haas am 15. Juli 1882 im Athenäum schrieb: He was an anima candida in every respect, independent in his judgement, of quiet, studious, unobtrusive habits, gilt in gleichem Maße von ihm selbst. Groß war er als Gelehrter, größer noch als Mensch. Sein Name wird unvergänglich sein.